이것이 빛이다

이것이 법이다 172

2023년 11월 17일 초판 1쇄 인쇄
2023년 11월 22일 초판 1쇄 발행

지은이 자카에프
발행인 강준규

기획 이기헌 왕소현 임동관 박경무 강민구 조익현
책임편집 최전경
마케팅지원 이원선

발행처 (주)로크미디어
출판등록 2003년 3월 24일
주소 서울시 마포구 마포대로 45 일진빌딩 6층
Tel (02)3273-5135 **Fax** (02)3273-5134
홈페이지 rokmedia.com **E-mail** rokmedia@empas.com

ⓒ 자카에프, 2015

값 9,000원

ISBN 979-11-408-1347-6 (172권)
ISBN 979-11-255-9575-5 04810 (세트)

이것이 법이다

172

자카예프 장편소설

로크미디어

CONTENTS

광을 내도 결국 그놈

"아마 네트웍플러스 내부의 인물일 거야."

"내부의 인물?"

"그래."

노형진은 아주 담담하게 말했다.

"사실 의심스러운 놈이 있기는 해."

서세영은 의심스러운 놈이 있다는 말에 고개를 갸웃했다.

"누군데?"

"박동거 이사."

박동거 이사는 네트웍플러스의 주요 임원 중 하나다.

정확히는 네트웍플러스 코리아의 임원인데, 한국 내부에서 강한 힘을 발휘한다.

"어쩔 수가 없어. 그 사람은 한국의 투자와 아주 밀접한 관련이 있거든."

네트웍플러스에서 한국의 작품들이 막대한 이익을 안겨 주는 효자 상품이라는 것은 딱히 비밀도 아니다.

"하지만 그걸 고르는 것도 결국 한국 네트웍플러스의 권한 이거든."

네트웍플러스가 막대한 투자를 한다지만 그 투자가 모든 작품에 이루어질 수는 없다.

"백 개의 작품이 들어오면 그중에서 투자가 이루어지는 건 서너 개뿐이니까."

그리고 그걸 결정하는 건 다름 아닌 네트웍플러스 코리아다.

애초에 네트웍플러스 본사는 한국의 작품 선택에 대해 그리 큰 관심이 없다.

정확하게는, 관심은 많지만 한국 특유의 감성을 이해하지 못해 크게 신경 쓰지 않는 편이었다.

"박동거라는 사람이 투자할 작품 선택을 총괄하는 거야?"

"아니. 총괄하는 역할은 아니야."

"응?"

"애초에 박동거는 투자에 한해서는 그리 깨어 있는 사람이 아니야. 전형적인 고정관념에 갇힌 사람이지."

20년 전부터 연예계에 있었다면 확실히 옛날 마인드인 사 람이기는 할 것이다.

"그런 사람이 어떻게 네트웍플러스에 간 거야?"

"영어가 되는 사람이 없어서."

"응?"

"사실 네트웍플러스 본사가 미국이잖아."

그러니 미국과 여러 가지 협업을 해야 하는데 영어가 되는 사람을 쓰자니 엔터에 관한 지식이 없고, 엔터에 지식이 풍부한 사람을 쓰자니 영어가 부족했고.

"그런데 박동거는 원래 모 엔터사에서 해외 진출 업무를 하던 사람이거든."

"아하!"

그리고 나름 성공적으로 해외 진출을 해내던 사람이라 실적도 좋았다고.

"그래서 네트웍플러스 코리아의 창립 멤버가 된 거야."

그랬기에 네트웍플러스에서 그를 외부에서 데려왔고, 그 덕에 그는 이사로서 강력한 힘을 발휘했다.

한국 내에서 네트웍플러스가 제대로 된 힘을 발휘하지 못하던 시기부터 지금까지 말이다.

"여전히 과거의 사고방식을 유지하고 있고 실력이 어중간하다는 게 문제이기는 한데……."

그래서 작품에 대한 선택은 별로 하지 않는 대신 본사와의 소통에 집중한다고.

"어쨌든 방해는 가능하다는 거지."

어찌 되었건 이사, 그것도 창립 멤버라는 특성상 작품에 대한 투자를 방해하는 건 불가능한 일이 아니다.

"아, 성공하게는 못 하지만 실패하게는 할 수 있다는 거구나."

"그래, 맞아."

그리고 박동거에게는 그것으로도 충분하다.

"그리고 엔터에서 장난치는 것도 어느 정도 이해가 가지."

"어째서?"

"그게 말이지."

노형진은 긴 한숨을 내쉬었다.

"과거에는 흔한 일이었거든."

과거에 엔터테인먼트들이 조직폭력계와 친밀했던 건 비밀도 아니다.

물론 20년 전쯤은 그들과 슬슬 연을 끊고 자본계로 넘어가던 시점이기는 하지만 말이다.

"그렇다고 해서 그들이 과거를 완전히 배제할 수는 없지."

상식적으로 어제까지 조폭 아래에서 일하던 놈이 주인이 바뀌었다고 단숨에 비즈니스맨으로 변하지는 않으니까.

특히 시스템 자체가 아직 완성되지 않아서, 착취하던 구시스템이 여전히 존재하던 시점이었다.

"박동거도 마찬가지고."

박동거 역시 업계에서 오래 일한 사람이고 그 방법에는 도가 틀 대로 튼 놈이었다.

"그리고 인맥도 있으니까."

투자를 받아서 적당히 뜯어먹고 적당히 손절하는 데 익숙한 놈이었다.

"정작 크게 성공한 사람을 케어해 본 적이 없거든."

"해외 진출 담당이라며?"

"해외 진출 담당이라고 했지, 성공했다고는 안 했다. 내가 말했잖아, 어중간하다고. 일본에서는 나름 실적이 좋았지만 미국에서는 큰 성공은 하지 못했어."

20년 전 막 한류가 일차적으로 뜨기 시작하는 시점에, 그는 해외 진출을 시도하는 수많은 기업 중 하나에 소속되어 그 일을 담당했다.

"실패까지는 하지 않았지만 사실 그것도 어디까지나 운이 좋았던 것에 가깝지."

진짜 실력이 있어서라기보다는 한류라는 분위기에 힘입어서 자기가 아닌 남이 키운 가수들을 데리고 홍보만 했던 것.

"하지만 타이틀 자체는 자랑할 만하지."

워낙 실패하는 일이 많은 바닥이라 이 바닥에서는 손해만 안 봐도 성공이라고 해도 될 정도니까.

"그리고 그런 놈이 투자했다고 해도 이상할 건 없고."

벌어 둔 돈도 있고 파워도 있다. 거기다 네트웍플러스를 등에 업고 있는 이상 이 바닥에서 큰 어른으로서 목소리를 내기에는 충분한 힘을 가지고 있다.

"특히 네트웍플러스는 절대 무시 못 하니까."

현재 한국 방송계에서 네트웍플러스는 절대 갑이다.

드라마 제작자들이 가장 가고 싶어 하는 곳이 바로 네트웍플러스니까.

물론 아직 음악계에서는 약하다.

하지만 모든 가수가 영원히 음악만 하는 것도 아니고, 대부분은 시간이 지나면 배우를 하고 싶어 한다.

그런 상황에서 네트웍플러스는 절대로 무시할 수 없는 대상이다.

"그러니까 뒤에서 이런 짓을 해도 보통 사람들은 모르겠지."

일단 네트웍플러스 이사라는 직책은 파워는 강하지만 전면에 나서는 역할은 아니다.

방송국 사람도 아니고, 그렇다고 제작자도, 심지어 투자자도 아니니까.

"오빠, 그러면 어쩌려고? 이제 그 사람을 자르려고?"

"물론 원하면 그럴 수 있지."

노형진이 아무리 조용히 산다 해도 네트웍플러스의 대주주다.

특히나 한국에서 추천한 수많은 작품들이 성공했기에 네트웍플러스에서는 그를 아주 귀하게 여기고 있다.

당연하다. 미국이나 유럽에서 야심차게 만든 작품들이 죽을 쑤는 사이에 그 손실을 메꾼 게 바로 노형진이 추천한 작품들이니까.

"하지만 굳이 내가 나서서 싸울 이유는 없지."

어려워서가 아니다.

사실 네트웍플러스 미국 본사에 전화 한 통만 하면 박동거를 자르는 건 어려운 일이 아니다.

"하지만 그렇게 되면 그간의 피해에 대한 손실은 턱도 없지."

아니, 그걸 떠나서, 박동거가 잘린다고 해서 백기악을 비롯한 연예인관리협회가 소안에게 했던 짓거리를 반성할 리가 없다. 도리어 더더욱 패악질을 할 거다.

"그리고 이상조도 백기악도, 결국은 끝까지 싸우려고 하겠지."

"아, 이 문제가 연예인관리협회의 문제이긴 하네."

개인의 부정부패라면 그냥 잘라 버리면 된다.

하지만 연예인관리협회는 지난 몇 년간 심각한 문제를 안고 있었다.

"그리고 그걸 이용해서 연예인들을 착취한 게 박동거일 뿐이고."

"그래서 아예 연예인관리협회의 힘을 빼 버리려고?"

"최소한 자기들이 뭘 해야 하는지는 알아야지."

애초에 연예인관리협회가 모인 이유는 권력으로부터 스스로를 지키기 위해서였다.

하지만 스스로 권력이 되어 이제는 힘없는 연예인들을 착취하는 집단이 되어 버렸다.

"그러니까 이제 그들을 정상으로 돌려야지."

"그게 연예인관리협회와 엔터테인먼트조합의 통합이고?"

"통합이라기보다는 협회를 이용한 수작질이지."

노형진은 그 두 집단을 합칠 생각이 없었다.

설사 한다고 해도, 절대로 기존 연예인관리협회 아래로는 들어가지 않을 거다.

"일단은 박동거의 파워를 떨쳐 내야지."

박동거뿐만이 아니라 구태 정치를 하는 과거의 잘못된 수뇌부를 잘라 내지 못하면 결국 개혁은 불가능하다.

"그리고 지금이 기회지."

노형진은 씩 하고 웃었다.

博동거는 자신이 누구를 상대하는지도 알지 못한 채 그저 예상치 못한 상황에 비웃음을 날렸다.

"그러니까 시아민 그년이 지금 감히 나한테 항의한다는 거야?"

"그게…… 네."

JJ미디어의 대표인 고강진이 눈치를 살피며 말했다.

사실 시아민이 항의한 건 박동거가 아니다. 엄밀하게 말하면 선을 넘은 고강진에게 항의한 거다.

"내가 얼마 전에 한 명 찍어 줬잖아?"

"그게…… 꼭 그 사람이어야 합니까?"

"왜? 불편해?"

"불편한 게 아니라……."

"연기력도, 인지도도 좋잖아? 솔직히 옛날 같으면 너희가 쓸 만한 급이 아니야."

"그거야 그런데……."

그럼에도 불편해하는 이유.

그건 박동거가 지정해 준 배우에게 문제가 많았기 때문이다.

'아니, 씨팔. 엿 먹으라는 건가?'

아무리 JJ미디어가 네트웍플러스의 눈치를 봐야 한다지만 이건 안 된다.

왜냐하면 그가 지정해 준 사람은 음주 운전 사고를 낸 이력이 있기 때문이다.

그냥 음주 운전만 하다 걸려도 연 단위로 자숙해야 하는 나라가 한국이다. 그런데 하물며 그놈은 술에 취해서 인명 사고를 냈다.

다행히 사람이 죽거나 한 건 아니지만 사람이 타고 있던 차량을 들이받고 도주하다가 추가로 3대의 차량을 더 들이받았다.

심지어 오래전 일도 아니다. 고작 6개월 전 이야기다.

그런데도 자숙은커녕 그사이에도 이리 기웃 저리 기웃 한다는 소문을 고강진도 듣고 있었다.

"무려 6개월이나 쉬었잖아. 슬슬 컴백해도 되지."

한때 S급 배우였으나 음주 운전 사고로 인해 자숙해야 하는 상황.

인사 사고에 도주까지 하고 그 과정에서 추가 사고까지 냈으니 6개월은 사실 너무 짧은 시간이었다.

'이해는 간다만.'

그도 그럴 게 S급들은 원래 작품 하나 하고 2년씩 쉬기도 한다.

그런데 사고를 낸 배우는 너무 오래 쉬면 이미지가 돌이킬 수 없어질까 봐, 쉴 때는 쉬더라도 일단 이미지는 바꿔 놓고 쉬고 싶어진 거다.

그리고 딱 고른 게 하필 시아민의 작품이었다.

전에는 그 배우가 온다고 하면 버선발로 뛰어나갔을 JJ미디어의 고강진 대표였지만 이번에는 세탁용으로 자신들이 이용되는 상황인 데다, 사실상 세탁용 작품은 성공하기 힘들기에 순순히 하겠다는 소리를 할 수가 없었다.

당연히 자기 작품이 누군가의 세탁용이 된다는 사실을 안 시아민 작가는 길길이 날뛰었다.

하지만 박동거에게 있어서 시아민은 그저 그런 작가 중 한 명일 뿐이었다.

네트윅플러스에서 손절 친 작가라는 소문만 내면 이 바닥에서 퇴출시키는 건 일도 아니니까.

"걱정하지 말라니까. 어차피 코딱지만 한 한국에서 성공해 봤자 얼마나 성공하겠어? 다 해외를 노리는 거지. 솔직히 그렇잖아. S급 배우가 되어야 해외에서 좀 먹히지 않겠어?"

'후우~ 틀린 말은 아닌데.'

박동거의 말이 아예 틀린 건 아니다.

그는 어차피 해외에서는 연기자들이 마약도 하고 간통도 하고 다 해도 인기 끄는 데 상관없지 않느냐는 건데…….

'젠장. 그래도 너무하잖아.'

문제는 그 배우가 한국에서만 S급이라는 거다. 해외에서는 전혀 지명도가 없다.

심지어 얼마 전까지만 해도 네트웍플러스의 드라마는 질 떨어진다면서 쳐다보지도 않던 인간인 데다 딱히 해외 수상 이력이 있는 것도 아니다.

즉, 한국에서는 S급이라고 해도 해외에서는 신인이라는 건데, 그럴 바에는 차라리 연기력이 되는 A급을 써서 S급으로 올려 주는 쪽이 은혜라도 입힐 수 있어서 낫다.

이대로라면 잘되면 그놈 덕분, 망하면 자기 탓이 될 상황.

"걱정하지 말고 내 말대로 해. 그 사람이면 충분히 배역을 연기해 낼 수 있을 테니까. 작가 따위가 뭘 어쩔 거야?"

네트웍플러스가 한국에서 큰 힘을 발휘한 후로, 아니 연예인관리협회를 자기 마음대로 컨트롤할 수 있게 된 후로 누구도 박동거 이사를 거역하지 못했다.

원하면 누구든 이 업계에서 매장하는 건 어려운 일이 아니었기에 박동거는 자신이 있었다.

"알겠습니다. 작가에게는 저희가 이야기를 잘해 보겠습니다."

JJ미디어의 고강진은 결국 두 손 두 발 들고 그렇게 이야기할 수밖에 없었다.

작가야 많지만 박동거는 거절할 수가 없다. 그의 눈 밖에 나면 배우를 고용하지 못하기 때문이다.

연예인관리협회에서 블랙리스트에 올리면 어떤 배우도 고용하지 못하고, 그러면 망하는 수밖에 없다.

"알겠습니다."

그렇게 고강진은 고개를 숙였다.

그리고 그런 모습을 박동거는 흡족한 얼굴로 바라보고 있었다.

그러나 그는 몰랐다, 이미 자신이 노형진의 표적이 되었다는 사실을.

⚖️

"이번 사태를, 저희는 심각하게 받아들여야 한다고 생각합니다."

"뭐라고요?"

네트웍플러스 코리아의 이사는 박동거만이 아니다.

물론 그가 창립 멤버인 것은 사실이지만, 그래서 사내에서 상당한 권력을 가진 것도 사실이지만, 그렇다고 해서 직원들이 모두 그에게 충성하거나 그의 말이 절대적인 파워를 가진 것은 아니다.

노형진이 말한 것처럼, 성공하게 할 수는 없지만 좆 되게 만들 수는 있는 사람. 그런데 과연 그게 박동거만의 힘일까?

"무슨 말입니까, 그게?"

고강진 사장은 혼란스러웠다.

왜 자신이 네트웍플러스의 회의에 끌려왔단 말인가?

"시아민 작가에게서 정식으로 항의가 들어왔습니다."

그 말에 고강진 사장과 박동거는 시선을 맞은편에 앉아 있는 시아민 작가에게로 돌렸다.

회의의 의장이 된 이사가 심각한 목소리로 말했다.

"자기 작품의 배역을 얼마 전에 음주 운전 사태를 일으킨 배우의 이미지 세탁용으로 쓰는 걸 용납할 수 없다면서요."

"그건······."

당연히 JJ미디어에만 지랄할 거라 생각했다. 실제로 그랬고 말이다.

하지만 그건 어디까지나 박동거 일당의 계획대로 진행됐을 때의 이야기였다.

보통 제작사에서 제작하기 때문에 항의도 제작사에 하는

게 자연스럽지만, 주연배우의 선택에는 투자사의 입김이 아주 강하게 영향을 미치기 때문에 투자사에 항의할 수도 있다.

그럼에도 대부분 그러지 않는 이유는, 배우는 다른 배우로 대체할 수 있지만 투자사는 대체할 곳을 찾기가 어렵기 때문이다.

기존 투자사가 투자를 철회하는 경우 다른 투자사에서는 그 작품에 문제가 있다고 생각하기에 들어오는 걸 꺼린다.

자연히 작가도 투자사의 눈치를 상당히 볼 수밖에 없고, 웬만해서는 투자사에 항의하지 않는다.

하지만 투자사의 힘이 있는 사람이 뒤를 봐준다면?

당연히 이야기는 달라진다.

"그 음주 운전을 했다는 배우. 우리 쪽에서 요구했다고 하던데, 사실입니까?"

그 말에 고강진 사장의 눈동자가 흔들렸다.

당연히 사실이다. 하지만 그건 어디까지나 박동거가 독단으로 한 일이다.

"아시겠지만 네트웍플러스는 아주 심각한 문제가 아니고서야 작품의 제작에 터치를 하지 않습니다."

실제로 미국에서 온 자칭 전문가가 한국 작품에 터치를 하려고 한 적이 있었다.

하지만 그렇게 만들어진 작품들은 배우만 한국인이지 내용은 미국 드라마가 되어 버렸고, 전 세계에서 굳이 영어도 아닌 한국어로 된 미국형 드라마를 볼 이유가 없었기에 시청률은 바닥을 뚫었다.

그 사건 이후에 자신들이 한국 특유의 감성을 이해하지 못했기 때문이라는 사실을 알게 된 네트웍플러스는 심각한 문제가 있는 게 아니라면 한국의 작품 제작에 터치하지 않는 게 불문율이 되었다.

"그래서 이해하기가 어렵더군요. 우리가 왜 배우를 터치한 건지. 그리고 왜 이런 항의가 들어온 건지."

"그게……."

물론 네트웍플러스 내부에서 비공식적으로 이사진이 특정 배우를 원한다는 정도의 이야기가 공유되지 않았던 건 아니다.

아무리 네트웍플러스가 미국 기업이라 해도 네트웍플러스 코리아는 한국 사람이 운영하는 곳이니까.

"추천이야 가능하겠지요. 하지만 추천을 넘어서 기존에 계약되어 있던 배우를 쳐 내고 바꾸는 건 전혀 다른 문제입니다."

그런데 그냥 바꾼 것도 아니고 계약금까지 날려 가면서 바꿨다? 그리고 그게 네트웍플러스에서 시킨 거다?

"그런 이야기는 금시초문이거든요."

고강진 대표는 더 이상 표정 관리를 할 수가 없었다.

'마…… 망했다, 시팔.'

여기서 박동거를 팔면?

당장은 살 수 있을 거다. 하지만 박동거가 살려 두지 않을 거다.

그렇다면 여기서 네트웍플러스를 무시한다?

투자가 철회될 거다. 그리고 네트웍플러스와 척진 자신에게 투자할 사람은 없을 거고, 결국 업계에서 퇴출되고 마는 거다.

'이런 젠장.'

그는 당혹스러운 눈으로 시아민 작가를 노려보았다.

세상에 어떤 미친놈의 작가가 투자사에 직접 항의를 한단 말인가?

하지만 시아민 작가는 그렇게 했고, 네트웍플러스는 그걸 심각하게 받아들이고 있었다.

"어떻게 된 겁니까!"

"아…… 그게…….”

고강진 사장은 다급하게 한구석에 있는 박동거를 돌아보았다.

그러나 그런 그의 시선에 박동거는 눈을 부라렸다. 말하지 말라는 뜻이었다.

'미치겠네.'

그는 이러지도 저러지도 못한 상태로 아무 말도 하지 못했다.

그러자 네트웍플러스의 이사가 그를 보며 눈을 찡그렸다.

"사장님, 우리가 만만합니까?"

"네? 아, 아닙니다."

"아니면 우리를 팔아서 갑질 하고 싶었습니까?"

"그건…… 아닙니다, 진짜로."

"이건 심각한 문제입니다."

동석한 이사들이 모두 고개를 끄덕거렸다.

네트웍플러스와 같이 일하는 게 권력이 되어서는 안 된다.

그걸 이용해 배우나 작가에게 갑질을 한다면 결국 네트웍
플러스가 욕먹게 된다.

그리고 이게 터져 나갔을 때 자기들 잘못이 아니라고 해
봤자, 과연 누가 믿겠는가?

"그, 너무 설레발 아닙니까? 고작 배우 한 명 바뀌는 거야
흔하게 있을 수 있는 일 아닙니까?"

아무래도 상황이 좋지 않다고 생각한 박동거가 애써 사건
을 축소시키기 위해 입을 열었다.

하지만 그런 그의 말은 노형진에게 금방 카운터를 맞을 수
밖에 없었다.

"네트웍플러스는 상업 회사입니다. 권력 단체가 아니에
요. 그런 우리를 누군가가 권력 단체로 만들어서 갑질을 하
면? 참신하고 깨어 있는 시나리오가 오겠습니까? 다들 아시
죠, 대형 기업들이 어떻게 망해 가는지. 제가 굳이 우리 경쟁
사에 대한 이야기를 입에 올려야겠습니까?"

노형진은 다른 이사를 보면서 아주 진중하게 말했다. 그러

자 다들 고개를 끄덕거렸다.

네트웍플러스의 경쟁사 중 한 곳은 특정 사상에 심취한 나머지 모든 작품에 해당 사상을 넣기를 요구했고, 그 결과 그 회사에서 나온 작품은 몇 년째 죽을 쑤고 있다.

그나마 회사가 크고 다른 수익처가 많아서 버티기는 하지만, 정작 영화사는 수년째 성공한 영화가 제작한 영화의 20%도 안 되는 결과에 골머리를 앓고 있었다.

그걸 알기에 다들 상업적으로 수많은 영화에 투자해서 성공을 이루어 낸 노형진의 말을 무시할 수가 없었던 것.

"이거 투자는 철회해야 하지 않겠습니까?"

누군가 진중한 목소리로 말했다.

물론 그 이사는 노형진에게 이미 포섭된 이였다.

"심각하게 생각 좀 해 봐야겠네요. 우리를 팔아서 갑질 하는 회사라면 현실적으로 믿음이 깨졌다고 봐야 하니."

사회를 보던 이사 역시 그 말에 고개를 끄덕거렸다.

"다만 작품 자체는 나쁘지 않습니다. 작가님은 피해자인 듯하시니 저희가 적당한 제작사를 소개해 드리고 제작비를 투자하죠."

"JJ미디어에는 손해배상도 물려야 합니다. 우리를 팔아서 갑질이라니. 하, 어이가 없어서 정말."

'어어어? 이게 아닌데?'

듣고 있던 고강진은 당황해서 어찌할 바를 몰랐다.

일이 이렇게 되면 자신은 정말 이 바닥에서 퇴출된다.

네트웍플러스에 작품도 팔 수 없는 제작사라니. 누가 그런 곳에 투자를 하고 누가 그런 곳에서 배우를 하며 누가 그런 곳에서 감독을 하겠는가?

하지만 이사들의 말은 점점 더 심각해지고 있었다.

"이참에 그냥 네트웍플러스 산하에 제작사를 만들죠."

"제작사를 만들자고요?"

"솔직히 그래도 되지 않습니까? 한국에서 갑질이 한두 해 문제도 아니고요."

"하긴."

"좋은 시나리오와 배우가 있으니 차라리 제작사를 만들어서 우리가 직접 제작하는 게 어떨까 싶습니다."

급기야 개인의 문제가 아니라 한국 방송계를 박살 낼 방향으로 이야기가 흘러가자 고강진은 미칠 것만 같았다.

만일 자신의 행동으로 인해 진짜로 네트웍플러스가 제작사를 만들고 한국 작품을 보여 준다면 업계에서는 자신을 산 채로 매장할 거다.

"잠시만요! 제가 원해서 그런 게 아닙니다!"

그 말에 박동거의 눈이 커졌다.

그러나 막을 수가 없었다.

왜냐하면 라이벌들이 자신을 노려보고 있는 현장이었으니까.

"무슨 말입니까, 그게?"

"그게……."

'고백'을 하려던 고강진은 순간 박동거의 무시무시한 시선에 흠칫하고 그를 바라봤다.

그러나 이내 결심을 했다.

이대로 혼자 죽을 수는 없다.

시아민 작가를 피해자라고 선처한다면, 자신도 피해자이니 선처받을 수 있다.

그런데 이대로 입을 다물고 죽으라고?

박동거에게서 이사들에게로 시선을 돌린 그는 이내 결연한 눈빛으로 말했다.

"저도 피해자입니다. 저도 원해서 그런 게 아닙니다."

"아니라고요?"

"네, 네트웍플러스 이름을 팔아서 갑질 한 게 아니라, 네트웍플러스에서 시키는 대로 하지 않으면 투자금을 집행해주지 않겠다고 해서 어쩔 수 없이 한 겁니다."

"네?"

"누가요?"

고강진의 말에 박동거를 제외한 모든 이들의 눈이 휘둥그레졌다.

누구인지는 모르겠지만 충분히 가능한 이야기였기 때문이다.

투자가 확정되었다고 해서 무조건 투자금이 지급되는 건 아니다.

현실적으로 그 큰 금액을 한 번에 주기는 어렵기에 제작 상황을 봐 가면서 그때그때 필요한 만큼만 주는 게 일반적이다.

그런데 만일 그렇게 투자받기로 하고 제작에 들어갔는데 갑자기 상대방이 이상한 조건을 달거나 투자금을 집행해 주지 않는 경우, 제작자는 입술이 바짝바짝 탈 수밖에 없다.

그건 JJ미디어 역시 마찬가지.

그의 입장에서는 시키는 대로 하지 않으면 집행을 미루겠다는 말에 꼼짝없이 끌려다닐 수밖에 없었다.

"박동거 이사님이 그랬습니다."

박동거 이사쯤 되면 투자나 취소를 하라고 압박을 가할 수는 없어도 최소한 어떤 핑계를 대면서 투자금의 집행을 미룰 수 있는 정도의 파워는 가지고 있었다.

"박동거 이사님이요?"

"박 이사님이 투자금의 집행을 미루겠다고 했다고요?"

다들 어이가 없다는 듯 고개를 돌려서 박동거를 바라보았다.

사회 중인 이사 역시 어이가 없는 눈으로 박동거를 바라보고 있었다.

사실 이사는 노형진에게 요청을 받고 이 일로 회의를 소집하기는 했지만 전후 사정은 전혀 알지 못했다.

자세한 사정을 듣지 못한 채 그저 부탁만 받았기 때문이다.

그렇다 보니 당황스러운 말에 화가 머리끝까지 날 수밖에 없었다.

"박 이사님! 이게 무슨 소리입니까?"

"어허, 아니야! 내가 왜 그러겠어? 다 네트웍플러스 잘되자고 하는 일인데!"

"하지만 그러면 말이 안 되는데요?"

"아무튼 나는 모르는 일일세."

그러자 고강진은 목소리를 높였다.

이제 자신이 살 방법은 하나뿐이니까.

"진짭니다. 원래 있던 배우를 쫓아내지 않으면 투자금 지급을 미루겠다고 했단 말입니다."

"그게 사실이라면 심각한 문제군요."

아무리 노형진이 아무런 말도 하지 않았다지만 이 상황은 좌시할 만한 성격의 것이 아니다.

도리어 네트웍플러스 입장에서는 심각한 손실이 될 수밖에 없다.

투자 기간이 길어지면 들어가는 비용도 길어지니까.

만일 그렇게 투자했는데 이런 이유로 인해 투자를 한 작품이 날아가 버리기라도 하면 네트웍플러스 입장에서도 투자금은 그냥 날리는 돈이 된다.

소송을 해서 받아 낸다? 그게 가능할 리가 없다.

그쯤 되면 제작사는 이미 망한 후일 테니까.

그랬기에 이사들은 벌 떼처럼 일어날 수밖에 없었다.

"박 이사, 이거 무슨 소리야?"

"지금 우리 이름 팔아서 갑질 하고 다닌 거야?"

"아무리 박동거 이사님이 네트웍플러스 코리아 개국공신이라지만 이거 선을 넘어도 너무 넘으신 겁니다."

분노하는 사람들의 시선에 박동거는 다급하게 변명했다.

"저 새끼가 거짓말을 하는 거야! 내가 왜 그러겠어!"

"하지만 그거 말고는 이유가 없습니다만?"

"아니야! 아니라고!"

박동거는 필사적으로 부인했다.

그리고 그의 파벌 역시 날뛰기 시작했다.

"말도 안 되는 소리! 박동거 이사님이 뭐가 아쉬워서!"

"증언이 있잖아요! 증언이!"

"아니, 씨팔! 그걸 어떻게 믿어? JJ미디어? 어디 코딱지만한 새끼들이!"

"그것도 협박 아닙니까? 아니, 막말로 JJ미디어가 우리한테 거짓말을 할 이유가 어디 있어요?"

두 집단이 언성을 높이 시작했고, 그 모습을 보면서 박동거는 정신이 아득해졌다.

'아니, 이게 아닌데.'

차라리 그냥 은밀하게 누군가가 압박을 가했다면 그쪽과 협상을 하든가 아니면 내부에서 덮어 버릴 수 있었을 거다.

하지만 이사회에서 이 증언이 터진 이상 덮을 수가 없는 상황이 되어 버렸다.

JJ미디어를 성토하기 위해 모였던 이사회는 어느새 개판이 되어 버렸다.

"이건 비정상적인 상황입니다. 박동거 이사의 자격을 정지시켜야 합니다."

"네가 그걸 왜 결정해, 이 새끼야!"

"어디다 대고 반말이야!"

점점 치열해지는 싸움.

그러자 그걸 지켜보던 사회를 맡은 이사가 목소리를 높였다.

"이건 우리가 결정할 게 아니죠."

"거봐! 이 새끼들아!"

박동거 일당은 승리했다는 듯 자신 있게 웃었다.

하지만 그다음 말에 얼굴이 굳어졌다.

"이사진의 고용에 관한 권한은 네트웍플러스에 있습니다. 그러니 같은 이사진이 결정할 게 아니라 네트웍플러스 본사에 보고하고 결정을 기다려야 할 문제입니다."

그 말에 박동거의 얼굴은 사색이 되었다.

미국계 기업들은 기업 내 월권행위를 용서하지 않는다.

아니, 용서만의 문제가 아니다.

네트웍플러스는 미국 기업이고, 이와 관련된 소송은 미국에서 하게 된다. 만약 자신이 지면 본사에 수십억 이상의 돈을 물어 줘야 할지도 모른다.

미국의 법원에서 가능한 월권에 대한 처벌은 한국에 비할 바가 아니니까.

　감옥 가는 거?

　문제는 감옥 가는 게 아니라 그 손해배상이다.

　한국에서야 적당히 판사와 검사에게 뇌물 좀 쥐여 주면 혐의 없음으로 벗어날 수 있겠지만 자신이 미국에 있는 판사에게 만족할 만큼의 뇌물을 주는 건 불가능하다.

　"자…… 잠깐! 그건 너무한 거 아닙니까!"

　"너무하긴요. 만일 JJ미디어가 거짓말을 한 거라면 박동거 이사에게는 아무런 피해도 없을 겁니다."

　반대로 고강진의 말이 맞다면 자신은 죽는다.

　그렇다고 이제 와서 '사실은 내가 했습니다.'라고 말할 수도 없는 노릇.

　'망했다.'

　박동거의 머릿속은 하얗게 변하기 시작했다.

⚖️

　"네트웍플러스에 보고가 올라가고 처분이 결정되기까지는 시간이 걸릴 거야."

　"네트웍플러스가 꼼꼼하게 조사할 테니까?"

　"맞아."

　미국의 소송은 단순히 적당히 합의하는 그런 게 아니다.

지면 수백만 달러 단위로 배상을 해야 한다.

그래서 소송을 하는 기업도 절대 그냥 보고서 하나 믿고 일단 고소부터 하지 않는다.

"박동거가 했던 모든 업무들 그리고 관련자들, 거기다가 투자가 진행되었던 모든 사건들에 관련해서 대대적인 조사가 진행되겠지."

"박동거는 인생 조진 거네."

"그렇겠지."

여기는 한국이니까, 한국에서 처벌이 이루어져 봐야 고작 벌금 몇백에 회사에서 잘리는 정도로 끝이라고 생각했을 거다.

"그래서 내가 이사진에게 확실하게 말한 거고."

"당신들이 결정할 문제가 아니라고?"

"그래."

물론 네트웍플러스 코리아의 사장에게는 박동거의 거취를 결정할 권한이 있다.

하지만 과연 그가 노형진의 의견에 반기를 들어 가며 박동거를 지키려 들까?

그는 사장이지만 노형진과 마이스터는 최대 주주 중 한 명이고, 그들의 힘이면 네트웍플러스 코리아의 사장을 바꾸는건 일도 아니다.

"이제 박동거는 힘이 빠지겠지."

그가 업계에서 강력한 힘을 휘두를 수 있었던 것은 네트웍플러스의 이사이기 때문이었다.

하지만 현시점에서 박동거는 조사에 들어갔다.

이제 박동거는 과거에 저지른 모든 일이 낱낱이 밝혀지는 가운데 자신의 결백을 증명해야 한다.

"하지만 그게 쉬운 일이 아니겠네."

"그렇겠지. 솔직히 네트웍플러스가 질 가능성도 무시 못 해."

"어째서?"

"박동거는 파워가 세거든."

네트웍플러스에서 한국에 사람을 보내서 조사한다 해도, 한국 내부에서 그걸 도와줄 이유가 없다.

도리어 내부에 있는 박동거 일파는 사사건건 방해할 가능성이 높다.

"하지만 일이 이쯤 되면 박동거 일파도 어느 정도 몸을 사리지. 그러면 최소한 이쪽에서 해고는 할 수 있어."

문제가 되었다는 것만으로도 박동거를 네트웍플러스 코리아에서 자를 수 있다.

그렇게 되면 박동거의 가장 강력한 힘이 사라지게 된다.

"그래도 이건 너무 복잡하게 가는 거 아니야?"

이야기를 듣던 서세영이 문득 고개를 갸웃했다.

"오빠는 최대 투자자 중 한 명이니까 역시 전화 한 통으로 그냥 박동거를 잘라 버렸어도 결과는 비슷했을 것 같은데."

"박동거가 그냥 순순히 나갔겠어?"

당연히 부당 해고 어쩌고 하면서 온갖 문제를 일으켰을 거다.

그리고 한국에서의 박동거의 힘을 생각하면, 최악의 경우 진짜 부당 해고로 복직할 수도 있다.

"하지만 본사에서 조사가 들어오면 이야기가 달라져."

손해배상을 할 정도의 증거는 찾지 못할지언정 최소한 해직하거나 자발적으로 나가게 할 정도의 압박은 할 수 있게 된다.

"아, 그러면 복직 소송은 못 하겠네?"

"그렇지."

설사 한다고 해도 복직이 힘들 거다.

직원도 아니고 이사에게는 상당히 빡빡한 조건과 청렴을 요구하니까.

"그러면 확실히 권력 유지는 못하겠네."

"그게 핵심이야."

박동거가 권력을 잃으면 그의 눈치를 보던 사람들은 당연히 그의 손아귀에서 벗어나려고 할 거다.

"이제 박동거가 끈 떨어진 연이 된 상황이니까."

아마도 이상조와 백기악은 기겁하고 있을 가능성이 크다.

"그리고 내가 이사회를 통해 슬쩍 핵폭탄도 하나 던져 놨지."

"자체 제작 말이지?"

"응."

"그런데 그게 가능하겠어?"

"아니. 안 할걸."

"어째서?"

"다양성이 무너지니까."

과연 네트웍플러스가 돈이 없어서 한국에 자체 제작 콘텐츠를 만들 회사 하나 세우지 못할까?

아니다. 원하면 만들 수는 있다.

돈이 없는 것도 아니고 네임 밸류가 없는 것도 아니니까.

"하지만 네트웍플러스의 가장 강력한 무기는 다양성이거든."

다른 곳에서는 볼 수 없는 다양한 이야기.

제한 없이 이야기할 수 있는 자유로움.

"그런데 자체 제작을 하기 시작하면 그게 확 줄어."

"그건 인정."

그나마 리더가 감각이 좀 있는 사람이라면 그게 흥행으로 연결될 수 있고 지속적인 흥행도 성공할 수 있겠지만, 리더가 감각이 없고 계산만 잘하는 사람이라면 흥행은커녕 손익분기점에도 도달하지 못하는 경우가 많다.

실제로 하도 영화가 망해서 1편을 뛰어넘는 2편은 없다는 이야기가 오랜 시간 영화 시장에서 돌았었다.

왜냐하면 1편이 크게 흥행하면 2편이 제작되는데, 이런 경우 1편과 달리 어마어마하게 간섭하기 때문이다.

"실제로 네트웍플러스도 그러다 망한 게 있고."

그걸 알기에 네트웍플러스 측이 한국에 자체 제작 스튜디

오를 만들 가능성은 그다지 높지 않다.

진짜 수백억 달러가 들어가는 대작이라면 위험부담 때문에라도 컨트롤할 수 있는 방법을 만들려고 하겠지만, 한국은 그 정도로 많은 돈이 들어갈 작품이 그다지 없으니까.

"하지만 중요한 건 그거지. 네트웍플러스에서 그런 이야기가 나오게 할 정도로 사안이 심각하다."

당연히 밖에서 제작하는 제작자들 입장에서는 눈앞에서 핵폭탄이 터진 셈이다.

"그리고 그 원인이 박동거와 이상조 그리고 백기악의 행동이라는 게 알려지면 어떻게 되겠어?"

연예인관리협회에서 강력한 힘을 가지고 있는 그들이다.

하지만 그들 때문에 시장이 날아간다면?

그들에게 힘을 실어 줄 사람은 단 한 명도 없을 거다.

"그러니까 이제는 기다리는 것뿐이지, 후후후."

인간은 희생양을 원한다

"이게 말이 됩니까! 한국에 자체 제작 회사를 만들겠다니!"

연예인관리협회에는 비상이 걸렸다.

JJ미디어도 연예인관리협회에 속해 있고, 고강진은 자기가 어떤 실수를 했건 네트웍플러스의 계획을 공개하지 않을 수가 없었다.

왜냐하면 다 죽을 수도 있는 일이니까.

아니, 그렇게 함으로써 자기 잘못을 덮고 싶은 생각도 있었을 거다.

그리고 실제로 그건 성공했다.

JJ미디어의 갑질이나 배우에 대한 계약 해지?

그건 누구도 신경 쓰지 않았다.

당장 중요한 건 본인들의 생존이니까.

"확실해요? 확실히 자체 제작이 안건으로 올라온 거예요?"

"네, 확실합니다."

"미치겠네."

이제 한국에서 네트웍플러스의 힘은 무시할 수 없다.

아니, 그들 없는 세상은 생각도 할 수가 없는 수준이 되어 버렸다.

왜냐하면 방송국이 과거보다 제작비를 더 줄여 버렸기 때문이다.

과거에는 네트웍플러스를 막고 싶어 하던 방송국이지만 이제는 분위기가 바뀌어서, 어차피 나중에 네트웍플러스에 팔 거 아니냐면서 제작비를 깎아 버린 상황.

그런데 네트웍플러스가 자체 제작을 하기 시작하면 과연 방송국에서 깎았던 제작비를 늘려 줄까? 그럴 리가 없다.

"그러면 제작자들은요?"

물론 엄밀하게 말하면 연예인관리협회는 제3자다.

누가 제작을 하든 어차피 연예인은 필요하고, 그 권한은 연예인관리협회에 있으니까.

그러나 연예인관리협회로 인해 작금의 사태가 벌어진 상황에서 과연 제작자들이 이 상황을 호락호락하게 봐 줄까?

"규모는 얼마나 된답니까?"

"모르겠습니다. 하지만 대대적으로 할 계획이라고……."

"대대적이라……."

그 말에 다들 아연실색했다.

다른 곳도 아닌 네트웍플러스에서 그런다면 이만저만 큰 피해가 아닐 테니까.

"어떻게 해서든 해결책을 만들어야 하는 거 아닙니까?"

"해결책요? 무슨 해결책요?"

이상조의 말에 다들 기가 막힌 얼굴이 되었다.

그리고 그런 사람들의 반응에 이상조는 눈을 찡그렸다. 왠지 느낌이 이상했기 때문이다.

"네?"

"아니, 그렇지 않습니까? 이 사태가 애초에 왜 벌어졌는데요!"

"그거야 JJ미디어에서 멍청한 짓을 해서……."

이상조는 나름 변명을 하려고 했다.

하지만 그런 이상조의 말에 다들 발끈했다. 정작 고강진 사장이 말을 꺼내기도 전에 말이다.

"이 뒤에 박동거가 있는 걸 모르는 사람도 있습니까?"

"뭐요?"

"그렇잖습니까? 상식적으로 그간 잘 굴러가던 판에 분란을 일으킨 건 박동거 아닌가요?"

얼마 전까지만 해도 '그분'이라 불리면서 강력한 힘을 발휘하던 박동거였다.

하지만 이제는 그게 아니라 이름으로 불리면서 모든 책임을 뒤집어쓰는 상황이 되어 버렸다.

"무슨 말을 그렇게 합니까? 그분은 아무런 잘못도 없어요!"

"그래요? 그러면 백기악의 잘못입니까?"

"회장님은 왜 물고 늘어져요?"

"물고 늘어지는 게 아니라, 현실이 그렇지 않습니까!"

아니나 다를까, 모든 망가지고 있는 조직이 그러하듯 연예인관리협회 내부에서는 해결책을 찾기보다는 언성을 높이느라 바빴다.

그간 서로 뭉쳐서 연예인들을 컨트롤하며 착취해 왔지만 그마저도 쫓겨나게 생겼으니 그들로서는 난감할 수밖에 없었다.

상식적으로 네트웍플러스와 적대적 관계에 있는 기획사에 들어오려고 하는 연예인은 없을 테니까.

세상 물정 모르는 조연이나 단역만으로는 결코 먹고살 수 없을 테고.

"이 새끼야! 말 다 했어?"

"다 했다! 어쩔래!"

"이 새끼가 보자 보자 하니까!"

저마다 핏대를 올리며 싸워 대는 그 한복판에서, 고강진 사장은 울상이 될 수밖에 없었다.

'미치겠네.'

당장 모가지가 날아가게 생겼고 업계는 뒤집어지게 생겼

다. 그런데도 아직도 정신을 못 차리고 저러고 있다는 사실에, 그는 아무래도 자신이 줄을 잘못 선 거 아닌가 의구심이 들었다.

"다들 진정하세요! 진정!"

협회장인 상관식은 어떻게 해서든 상황을 진정시키려고 했지만 애초에 허수아비나 마찬가지였던 입장. 그런 그의 말을 듣는 사람은 아무도 없었다.

"닥쳐, 이 새끼야!"

"나이도 어린 게 어디서 어른이 말하는데 끼어들어!"

"어른? 어른 같은 소리 하고 자빠졌네. 나이만 처먹으면 다야!"

개판이 된 상황에 상관식은 곤혹스러워하면서 고강진에게 눈짓했다. 일단 밖으로 나가라는 소리였다.

그러자 고강진은 고개를 푹 숙이고 다급하게 그곳에서 나왔다.

그 안에 계속 있어 봤자 결국 화살이 자신에게 향할 거라는 걸 예상하는 건 어렵지 않았으니까.

"미치겠네."

그는 옥상에 있는 휴게실로 가서는 담배를 꼬나물었다.

어떻게 해서든 잘해 보자고, 성공해 보자고 한 짓이 결국은 자신의 인생을 망치고 있었다.

담배에 불을 붙이려던 고강진은 이내 한숨을 내쉬어야 했다.

"라이터도 없네."

되는 일이 없으려니 별게 다 안된다는 생각에 헛웃음이 나오는 그때, 누군가 그에게 라이터를 내밀었다.

"피우시죠."

"아, 감사합니다."

그는 눈앞에 내밀린 라이터를 빌려 불을 붙이고는 담배를 길게 빤 뒤 한숨을 내쉬었다.

"갑갑하신가 봅니다."

"네, 어쩌다 보니."

너무 갑갑한 나머지 상대방이 누군지도 모른 상태로 불을 받았기에 일단 라이터를 돌려주면서 감사 인사를 하려던 고강진은 자신에게 라이터를 빌려준 남자를 알아보고는 기겁했다.

"박상규 대표님!"

"뭘 그렇게 벌떡 일어나십니까. 편하게 피우세요."

다름 아닌 대룡엔터테인먼트의 박상규 대표였기 때문이다.

"아니…… 저기……."

"힘드시죠?"

"네?"

"위에서 난리가 났다는 소문은 들었습니다."

"그걸 어떻게…… 아……."

고강진은 그제야 아차 했다.

한국에 네트웍플러스가 맨 처음 진출했을 때 모든 회사들은 필사적으로 네트웍플러스를 막으려고 했다.

정확히는 방송국에서 네트웍플러스를 성토하며 네트웍플러스에 작품을 팔거나 하는 제작사와는 일 못 한다고 선을 그었고, 네트웍플러스 작품에 출연한 배우들의 출연도 거부했다.

오로지 단 한 곳, 네트웍플러스와 손잡고 적극적으로 도와준 곳은 대룡엔터테인먼트뿐이었다.

재능 있는 배우의 수급부터 가치 있는 작품에 대한 투자 그리고 좋은 시나리오의 공급까지.

네트웍플러스가 한국에 공을 들이게 된 가장 큰 이유는 대룡이 적극적으로 한국의 가치를 보여 줬기 때문이다.

'그런 곳이니.'

설사 네트웍플러스에서 자체적으로 제작을 시작한다고 해도 대룡엔터테인먼트는 절대로 무시할 수가 없다.

투자자이면서 동시에 재능 있는 배우들의 산실이니까.

실제로 네트웍플러스에 가장 먼저 들어간 배우는 한국의 유명 배우가 아니라 엔터테인먼트조합의 무명 배우들이었고, 그들이 대박을 내면서 결과적으로 네트웍플러스가 안착한 거니까.

"심란하시죠?"

"그……."

박상규는 고강진의 옆에 앉아서 같이 담배를 피우며 말했다.

"박동거가 무슨 짓을 했는지는 저도 들었습니다."

"아, 네……."

고강진은 그 말에 눈치를 살폈다.

박상규라는 존재가 가진 힘이 부담스러울 수밖에 없으니까.

그런데 박상규는 고강진이 전혀 생각지도 못한 이야기를
했다.

"좀 너무하다 싶네요."

"네?"

"JJ미디어도 사실 피해자 아닙니까? 그런데 투자 철회라니."

"……."

"시아민 작가님에게 사과하시면 제가 잘 설득해서 투자를
계속하도록 해 보겠습니다."

"네? 투자를 계속하게 한다고요?"

"솔직히 JJ미디어에서 잘못한 건 없지 않습니까?"

"그거야……."

고강진 입장에서는 그렇게 생각할 수밖에 없었다.

자신이 원해서 한 게 아니었으니까.

그렇다고 책임을 완전히 벗어날 수는 없지만 말이다.

"그리고 시아민 작가님도 처음부터 다시 시작하시려면 좀
혼란스러우실 겁니다. 투자자에서부터 배역까지 다 새로 구
하셔야 하니까요."

"그거야 그렇죠."

드라마를 만드는 행위는 쉽게 결정되는 게 아니다.

최소한 1년 이상, 길게는 3년까지 걸리기도 한다.

더군다나 사유야 어찌 되었든 한번 뒤집어진, 그것도 구설수에 올라간 작품에 들어가고 싶어 하는 배우는 많지 않다.

"그러니까 저희가 좀 도와드리죠."

"도와주신다고요……?"

고강진은 그 말이 이해가 가지 않았다.

어째서 자신을 도와준단 말인가?

자사의 작품에 대룡엔터테인먼트 소속의 배우는 아예 출연도 하지 않는다.

"감사한 말씀입니다만……."

단칼에 거절하기도, 그렇다고 무슨 목적이냐고 물어볼 수도 없는 상황.

그랬기에 고강진은 박상규의 눈치를 계속 볼 수밖에 없었다.

그걸 느꼈는지 박상규가 아주 편안한 미소를 지으며 말했다.

"저희가 뭘 좀 해 보려고요."

"뭔데요?"

"이 문제를 외부로 터트려 주셨으면 합니다."

"네? 외부요?"

"다른 회사들 말입니다. 정확하게는, 연예인관리협회의 다른 멤버들에게 소문을 내 주셨으면 합니다."

"다른 곳에요?"

"네."

'이다음은 뻔하지.'

이미 박상규는 노형진에게서 다음 계획을 들은 상황이었다.

– 연관협에서 힘을 합해 상대방을 억압하려 할 거다.

노형진이 그랬다.

그리고 그걸 막는 게 노형진의 계획.

그러기 위해서는 사실을 공개할 누군가가 필요했다.

"저희가 그걸 소문낼 수는 없는 처지라서요."

"그게……."

그 말에 고강진은 잠깐 고민했다.

하지만 고민은 짧았다.

일이 이 지경이 된 이상 분명히 그가 살길은 없는 것이나 마찬가지다.

어떤 식으로든 살길을 찾을 수만 있다면 손해 보는 건 없다.

애초에 이 사태가 제대로 넘어간다고 해도 협회에서 자신을 보호하거나 지켜 줄 가능성은 없다.

그렇다면 사실상 답은 하나뿐이다.

"어느 정도까지 소문을 내야 합니까?"

"모두 다요."

"다…… 말씀입니까?"

"네."

"알겠습니다."

고강진은 고개를 끄덕거렸다.

아까 전 협회에서 보여 준 모습은, 그를 지키기는커녕 도리어 이용해 먹고 버릴 가능성이 높다는 것을 알려 주었으니까.

⚖

"아마 연관협에서는 어떻게 해서든 힘으로 찍어 누르려고 하겠지."

"그러겠지. 보통 이런 상황에서의 대응책은 거의 비슷하니까."

"맞아."

노형진의 말에 아직 경험이 일천한 서세영조차도 동감한다는 듯 고개를 끄덕거렸다.

연예인관리협회에서는 연예인들과 제작사 그리고 투자사들을 모아서 네트웍플러스에 저항하자고 할 거다.

그리고 한국에서 네트웍플러스가 아무리 힘이 강하다고 해도 그 정도 집단이 뭉쳐서 저항한다면 쉽게 싸울 수가 없다.

"이런 말이 있지, 쥐도 도망갈 구석을 보고 몰아야 한다는. 그게 쥐를 생각해서 생긴 말이겠어?"

"아니겠지."

더는 도망갈 구멍이 없으면 쥐도 물려고 덤빈다.

그건 인간도 마찬가지다.

배수의 진을 치고 싸운다는 건 기본적으로 죽을 각오를 하고 싸운다는 뜻이다.

"살길을 만들어 두면 컨트롤이 안 되는 게 바로 인간이거든."

더군다나 연예인관리협회는 이권 단체다. 그런 이권 단체에 '뭉쳐서 죽을 때까지 싸웁시다.'라고 말해 봐야 그에 따를 조직은 별로 없다.

"하물며 투자사나 제작사는 아예 동종 업계도 아니니까."

밀접한 관계에 있는 건 사실이지만 아예 같은 업계도 아닌 상황.

그런데 거기다 대고 같이 싸우자고 하면 싸울까? 그럴 리가 없다.

"문제는 시기야."

이제 슬슬 고강진에 의해 업계 전반에 네트웍플러스의 자체 제작에 대한 소문이 돌고 있을 거다.

다들 그걸 심각하게 받아들이는 상황에서 누가 선동하느냐에 따라 사람들의 대응 방법은 달라진다.

"그걸 대룡엔터테인먼트가 선동하면 된다는 거지?"

"맞아. 아마 연관협 내부에서도 어느 정도 의견은 모아졌을 테지만 누가 총대를 메느냐로 눈치 싸움 중일 테니까."

이것이 법이다

물론 연예인관리협회라는 이름으로 그들이 뭉친 건 사실이다. 하지만 누군가가 대표로 나서서 네트웍플러스에 거칠게 항의해야 하는데, 상식적으로 그게 누구든 간에 나중에 네트웍플러스와 좋은 관계로 남을 수는 없으니 하나같이 나서기를 꺼릴 게 뻔하다.

　"뭐, 뻔하지."

　바지 사장이라는 이유로 상관식에게 압박을 가하고 있을 거고, 상관식은 그래서 죽으려고 할 거다.

　"하지만 우리가 퇴로를 만들어 주면 다들 이야기가 달라질걸."

　전쟁은 피하고 싶다. 자기는 살아남고 싶다.

　"그리고 이제 퇴로를 보여 줘야지."

　노형진은 씩 하고 웃었다.

⚖️

　노형진은 박상규에게 가능하면 많은 엔터테인먼트조합의 사람들을 연예인관리협회에 가입시키라고 당부해 놨다.

　그렇기에 협회에 가입한 조합 측 사람들이 한데 뭉쳐서 기자회견을 하는 것은 절대로 기존에 있던 세력이 막을 수 있는 규모의 일이 아니었다.

　"우리는 이번 사태를 아주 심각하게 받아들이고 있습니다. 개인의 잘못에 대한 책임을 엔터 업계 전반에 묻는 것은 연좌제와 뭐가 다르겠습니까?"

대룡엔터테인먼트가 가장 먼저 선전포고 아닌 선전포고를 했다.

네트웍플러스에서 벌어지는 현재의 사태, 그리고 그로 인한 혼란에 대해 밝히면서 거칠게 항의한 것.

그건 누가 총대를 메느냐로 티격태격하고 있던 연예인관리협회 입장에서는 반가우면서도 동시에 곤란한 발표였다.

"그러니까 대룡엔터테인먼트는 네트웍플러스의 자체 제작 스튜디오 설립에 반대한다는 거군요."

"맞습니다. 한국의 작품의 다양성은 자본에서의 자유로움에서 나옵니다. 그렇기에 미국의 자본이 들어오는 순간 네트웍플러스 코리아는 미국의 자본에 종속되어 제대로 된 작품을 만들어 내는 것이 어려워집니다."

박상규의 말에 기자들은 고개를 끄덕거렸다.

그들도 연예계 기자로 일하면서 자유로운 제작 환경이 얼마나 중요한지 체감하고 있기 때문이다.

당장 일본만 해도 그 자유로운 제작 환경이 사라지고 실사화 같은 뻔한 작품만 만들고 있지 않던가?

"하지만 대룡은 그런 문제에서 자유롭지 않습니까?"

네트웍플러스의 100% 자체 제작은 현실적으로 불가능하다.

그리고 설사 그렇게 된다고 해도 결국 제작을 맡게 되는 건 엔터테인먼트조합과 대룡엔터테인먼트일 수밖에 없다.

일단 지분도 빵빵하고, 과거에 그들에게 은혜를 입힌 바가 있기 때문이다.

즉 대룡엔터테인먼트는 그냥 가만히 있어도 이득이 늘면 늘었지 줄어들 가능성은 없다는 뜻이다.

그러니 다른 사람들은 꺼리는 총대를 직접 메고 앞으로 나선 대룡을, 다들 이상하게 볼 수밖에 없었다.

"그러면 대룡이 원하는 건 뭡니까?"

"저희가 원하는 것은 당연히 정상적이고 수평적인 관계입니다."

여기까지만 들었다면 누구나 '대룡엔터테인먼트가 업계를 살리려고 다른 곳들을 대신해 총대를 메는구나.'라고 생각할 것이다.

하지만 대룡엔터테인먼트에는 그럴 이유가 없었다.

"이번 갑질 사태는 저희 잘못이 아닙니다. 이번 사태를 야기한 것은 배우를 노예 삼아 휘둘러 온 극히 일부 세력일 뿐입니다."

그 말에 기자들은 고개를 끄덕거렸다.

그들도 그 사실을 알고 있을뿐더러 이미 어느 정도 소문이 난 상황이니까.

"이에 저희 대룡에서는 두 곳에 대한 중재를 시도할 생각입니다."

"중재요?"

"그렇습니다. 범죄를 저지른 일부, 그들만 막으면 되는 것이니까요. 그래서 저희는 중재를 통해 이번 사태를 해결하고자 합니다."

그 말에 기자들은 다시 한번 고개를 끄덕거렸다.

사실 연예계 기자들도 이슈가 생겼다고 마냥 좋아할 수는 없다.

네트웍플러스의 힘이 강해지면 그들이 아무것도 못 하게 될 가능성이 커지기 때문이다.

"저희 대룡은 최선을 다해 합의를 이끌어 내어 한류를 지키는 데 이바지하겠습니다."

한류를 지킨다는 말. 그건 바람직하고 좋은 말이기에 다들 좋게 생각했다.

하지만 단 한 곳, 연예인관리협회만은 그럴 수가 없었다.

"어디 대룡 따위가 감히 중재야!"

연예인관리협회 내부의 이사 회의실.

연예인관리협회의 이사진은 극도로 분노하고 있었다.

왜냐, 자기들 계획에 대룡이 똥을 뿌렸으니까.

"그러니까 당신이 나서서 빨리 협상하라고 했잖아!"

"그게 말이나 되느냐고! 내가 뭘 잘못했다고!"

"당연히 당신이 했어야지. 지금 가장 큰 문제를 일으킨 건 당신 아니야!"

이사들은 이상조에게 화를 내고 있었고, 이상조는 화를 내면서도 한편으로는 백기악에게 연락하기 바빴다.

─회장님, 분위기가 안 좋습니다.

─조까라고 해. 어떻게 해서든 막아.

─하지만 지금 대룡 놈들이…….

─닥치고 막으라고. 이번만 지나면 어차피 개돼지들은 다 입 닥쳐.

백기악의 말에 이상조는 미칠 것 같았다.

'돌겠네.'

정작 회장이랍시고 거들먹거리는 백기악은 여기에 오지도 않았다.

진짜 잘될 거라 생각해서가 아니라, 와 봐야 욕만 먹을 걸 아니까 오지 않은 거다.

결국 바지 사장인 이상조가 모든 걸 대신해야 하는데 그게 될 리가 없었다.

왜냐하면 다들 이상조가 바지 사장이라는 걸 알고 있으니까.

그간은 서로 권력을 나누는 사이이니 그게 문제가 되지 않았지만, 문제가 생기자 다들 어디 감히 바지 사장 따위가 입을 터느냐는 식으로 굴고 있었다.

"백 회장은 도대체 어디에 있는 겁니까? 사태를 이 지경으로 만들었으면 와서 사과라도 해야 할 거 아니오!"

상관식은 평소와는 다르게 강하게 이상조를 압박했다.

그만큼 그들의 힘이 빠졌고 또 상황이 좋지 않았으니까.

"회장님은 개척을 이유로 미국에……."

"지랄 났네. 엔디아 말아먹고 소안에게 활동 금지 걸어 버리려고 지랄하는 와중에 무슨 놈의 미국."

"아니, 그 이야기가 왜 여기서 나와요?"

"내가 뭐 틀린 말 했습니까?"

분명 엔디아가 미국에서 인기가 있는 건 사실이다.

하지만 그런 엔디아에게 제대로 된 지원을 해 주기는커녕 도리어 뜯어먹다가 재판에서 지니까 활동 금지시키라고 징징거린 건 다름 아닌 백기악이다.

그런 인간이 갑자기 미국 진출?

"백기악 그 인간이 미국에 진출할 깜냥이나 됩니까?"

"화장실이 영어로 뭔지도 모를걸."

비웃음으로 가득한 회의실.

그런 상황에서 대리인도 아니고 바지 사장에 불과한 이상조가 할 수 있는 일은 없었다.

그래서 그는 언제나처럼 그저 우기는 수밖에 없었다.

"그래서, 이대로 끌려갈 겁니까? 네? 우리의 힘을 보여 줘야 할 거 아닌가요?"

"그러니까 당신이 총대를 메라니까."

"상관식 대표가 있는데 왜 내가 멥니까?"

"아니, 언제부터 날 대표라고 인정했답니까?"

"이런 일을 해결하라고 대표 뽑은 거 아닙니까?"

"저는 대룡처럼 화해를 하는 게 최선이라고 생각합니다만?"

"그렇게 끌려다니다니 말이 됩니까? 그럴 거면 당신에 대한 해임 건의안을 올릴 겁니다."

나서기는 싫지만 똥은 네가 뒤집어써라.

그런 의미가 확고한 이상조의 말에 상관식은 비웃음을 날렸다. 예상은 했으니까.

그랬기에 그는 단호하게 말했다.

"그러시지요."

"뭐요?"

"저도 그만두는 게 좋을 것 같아서요. 사퇴하겠습니다."

그 말에 이상조는 정신이 번쩍 들었다.

설마 이렇게 나올 줄은 몰랐던 것이다.

"이참에 대표를 새로 뽑도록 하지요. 저는 이상조 이사님을 추천하겠습니다."

"이 새끼야! 말이야, 방구야!"

"언제나 대표처럼 행동하셨으니 이참에 대표를 해 보시죠."

분위기가 이상해지자 이상조는 침을 꼴깍 삼켰다.

"아니, 그건 좀……."

"참게. 자네가 참아. 상관식 자네가 아니면 누가 우리를 이끌어 가겠나?"

'지랄맞네, 아주 진짜.'

상관식은 그런 이사들을 보면서 속으로 이를 갈았다.

'개 같은 새끼들. 다급하니까 이 지랄이네.'

그렇다고 모른 척할 수도 없는 상황.

그 순간 문이 열리면서 박상규가 들어왔다.

"늦어서 죄송합니다. 네트웍플러스에서 이야기가 길어져서."

"넌 뭐야? 여기가 어디라고 감히 들어와!"

박상규를 보자마자 이상조는 소리를 버럭 질렀다.

그도 그럴 게 지금 하는 것은 이사진의 회의인데 박상규는 이사가 아니었기 때문이다.

"박상규 회원은 우리에게 네트웍플러스의 의견을 전달해 주시기 위해 온 겁니다."

"뭐라고요?"

금시초문인 이야기에 이상조의 눈이 희번덕거렸다.

이해는 간다.

네트웍플러스와 가장 긴밀한 관계를 가진 곳이 대룡엔터테 인먼트이고, 중재하겠다고 나선 것도 대룡엔테터인먼트다.

그리고 대룡엔터테인먼트는 연예인관리협회에 속해 있다.

두 집단을 중재하는 데 가장 좋은 조건을 갖춘 존재가 다름 아닌 대룡엔터테인먼트와 박상규라는 소리였다.

"그쪽에서는 뭐랍니까?"

"큰 도움을 바라지는 않는 눈치입니다."

"원하는 게 없다는 겁니까?"

그 말에 상관식의 얼굴이 어두워졌다.

그 말은 사실상 협상이 파투가 났다는 의미니까.

하지만 박상규는 고개를 흔들어서 부정했다.

"아닙니다. 원하는 건 있습니다. 실제로 그게 아주 큰 문제가 되는 건 아닙니다."

"뭔데요?"

"수사에 협조해 달라고 하더군요."

"수사…… 말입니까?"

"네."

수사.

현재 네트웍플러스는 박동거를 비롯해서 권력을 남용하던 자들에 대한 고발을 진행하려는 상황이었다.

그리고 그와 관련된 증거를 얻기 위해 노력하는 중이었다.

"아시겠지만 박동거는 일부 사람들과 손잡고 엔터 업계에서 온갖 갑질을 했습니다. 그걸 입증할 수 있게 도와 달라고 하더군요. 그 정도면 자체 제작을 포기하겠답니다."

쾅!

그 말에 이상조가 자리에서 벌떡 일어났다.

그뿐만이 아니었다.

"웃기는 소리!"

"누구를 범죄자로 보는 거야!"

연예인관리협회 소속의 이사들 일부가 거의 경기를 일으키며 언성을 높여 댔다.

그도 그럴 게 그들은 모두 그런 일에 한두 번은 도움을 줬던, 명실상부한 기득권층이기 때문이다.

결과적으로 저 말은 기득권을 스스로 내려놓으라는 뜻인데, 그게 가능할 리가 없지 않은가?

"감히 우리 자리를 노려?"

"노리는 게 아니라 상식적인 선에서 말하는 겁니다. 사실 이건 요구라고 볼 수도 없어요."

"뭐?"

"그렇지 않습니까?"

경찰에서 범죄를 수사하는 것은 당연하고, 관련된 자가 그 수사에 협조하는 것도 당연하다.

즉, 협조를 거부하는 것 자체가 자신들이 범죄자라고 인정하는 꼴이다.

그런데 그런 상황에서 과연 도와줄 수 있을까?

그럴 리가 없다.

"누구 마음대로!"

당연히 극렬하게 반대하는 이사들.

그러나 그런 그들의 행동에도 박상규는 화내지 않았다. 아니, 그럴 이유가 없었다.

"알겠습니다. 그러면 그렇게 전하겠습니다."

"전한다고?"

다들 박상규가 설득을 하거나, 하다못해 뭐라도 해 보려 할 거라 생각했다.

그런데 그가 아무것도 안 하고 그냥 전달하겠다고 하자 다들 어리둥절할 수밖에 없었다.

그들의 반응에서 그들의 속내를 읽은 박상규는 어깨를 으쓱했다.

"아니, 저는 중재해 주겠다고 했지 설득하겠다고는 안 했는데요."

박상규는 아주 당연하다는 듯 말했다.

실제로 노형진에게 들은 계획에 의하면 저들은 이미 함정에 빠진 상황이었으니까.

"그대로 끝이라고?"

"네."

박상규는 더 이상 이야기하지 않고 자리에서 일어났다. 그러고는 그들에게 말했다.

"저는 이만 나가 보죠. 여기는 이사회의 회의실이니까요."

나가면서 왠지 불길한 미소를 보이는 박상규의 모습.

그러나 이사진은 자존심 때문에 그를 잡지도 못하고 그저 눈을 찡그릴 뿐이었다.

"일이 이렇게 되네."

"멍청하긴."

노형진은 뉴스를 보면서 혀를 끌끌 찼다.

그럴 수밖에 없었다. 네트웍플러스발로 나온 뉴스가 온 나라를 뒤덮고 있었던 것이다.

> 한국 연예인관리협회, 네트웍플러스에서 요청한 수사 협조 거부
>
> 네트웍플러스, 한국 연예인관리협회의 결정에 유감 발표
>
> 네트웍플러스, 한국 연예인관리협회 소속 연예인에 대한 출연 관련 사실 확인 강화 검토
>
> 네트웍플러스 내부 관계자, 범죄자 옹호 세력에 과연 스타의 영광을 주는 것이 합당한가 고민해야

뉴스를 보던 서세영이 기가 막힌 얼굴이 되었다.

"아니, 일단 반대만 하면 끝이라고 생각한 거야?"

"그랬겠지."

노형진은 코웃음을 쳤다.

"단어가 가지는 의미 자체는 몰랐던 모양이지만."

노형진은 그들에게 조사에 대한 협조가 아니라 '수사'에 대한 협조를 요구하라고 확실하게 못 박았다.

박상규에게도 조사가 아닌 '수사'라고 말하라고 몇 번이나 말했고 말이다.

"너도 알다시피 조사와 수사는 전혀 다른 거거든."

조사는 네트웍플러스에서 박동거와 비슷한 행동을 한 놈들에 대해 내부적으로 사실을 확인하는 과정이다.

즉, 개인 또는 사회적 기업의 영역.

그에 반해 수사는 경찰에 신고해서 이루어지는, 국가의 공식적인 법률 수호의 영역이다.

'조사는 돕지 않는다 해도 문제 될 게 없지.'

왜냐하면 그건 어디까지나 그 기업의 문제일 뿐이니까.

"하지만 수사는 다르다 이거구나."

"맞아."

수사는 경찰이 범죄자를 처벌하기 위한 하나의 확고한 과정이고, 그 과정에서 협조하는 건 당연한 일이다.

그런데 협회 차원에서 수사를 돕지 않겠다고 결정했다?

"그러면 사람들이 뭐라고 하겠어?"

"욕을 바가지로 퍼붓겠지."

실제로 인터넷에서는 도대체 뭘 어떻게 해서 이 지경이 되었느냐고, 언제부터 엔터테인먼트에 종사하는 사람들이 법 위에 군림하였느냐면서 연예인관리협회를 물어뜯고 있었다.

"그리고 이 상황에서는 네트웍플러스의 선택을 욕할 수도 없지."

"그러네."

이미 연예인관리협회는 범죄자와 관련해서 경찰의 수사를 거부하겠다고 밝혔다.

과연 그곳에 속한 엔터에 소속된 연예인의 과거를 믿을 수가 있을까?

"특히 요즘은 인성 문제가 엄청나게 중요하니까."

과거부터 한국에서는 학교 폭력 문제나 음주 운전 문제에 대해 극도로 예민한 반응을 보였다.

그런 상황에서 조직 자체가 범죄는 별거 아니고 수사에 협조할 생각도 없다는 모습을 보인다?

"그놈이 학폭 사범인지 아니면 강도를 했는지 사기를 쳤는지, 알 수가 없거든."

"그러니까."

출연 금지도 아니고 그저 해당 연예인에 대한 출연 심사를 강화하겠다고 한 건, 그런 통지를 받은 네트웍플러스 입장에서는 너무나 당연한 말이었다.

"그런데 그게 되게 웃기네. 학폭 관련이나 구설수에 올라간 연예인이 선호하는 곳이 네트웍플러스 아니야?"

"그러니까 웃긴 거지."

왜냐하면 한국에서 뭘 해도 해외에는 크게 영향을 주지 못하기 때문이다.

네트웍플러스는 전 세계에서 볼 수 있는데 미국 같은 곳에서는 유명 배우가 마약을 하는 건 딱히 이슈도 안 될 정도의 일이고, 강도 짓을 해서 감옥에 다녀온 걸 자랑하는 유명 래퍼도 있으니까.

그렇기에 한국에서 물의를 일으킨 사람들이 가장 선호하는 스트리밍 사이트가 다름 아닌 네트웍플러스였다.

"거기다가 한국은 결국 소규모 시장이니까."

처음에 한국의 방송국이 출연 금지를 내렸을 때 실력 있는 무명의 배우를 당당하게 네트웍플러스에 출연시킬 수 있었던 것은 한국이 유럽이나 미국에 비해 소규모 시장, 즉 알려지지 않은 시장이기 때문이다.

사실상 SS급 배우든 이제 막 주연을 맡을 정도의 A급 배우든 상관없이 한국의 배우라면, 해외 시장에서 유의미한 차이를 만들어 낼 정도의 지명도를 가지지 못한 건 똑같다.

"그래서 우리가 초반에 신인을 많이 넣은 거고."

"하긴, 그게 성공했지."

"그래. 그래서 대룡엔터테인먼트가 엄청나게 자리 잡은 거지."

한국에서 먹히는 SS급 배우 한 명 가지고 있는 것보다 전 세계에서 먹히는 A급 세 명을 가지고 있는 게 수익 면에서는 아예 비교도 못 할 만큼 차이가 날 수밖에 없다.

"그렇다 보니 대부분의 회사들은 네트웍플러스를 노릴 수밖에 없지."

한국에서 SS급이 되는 것보다 기회도 더 많고 더 많이 벌 수 있으니까.

"드라마 제작자들도 마찬가지고."

네트웍플러스는 상대방에게 손실 책임을 묻지 않는다.

하지만 한국에서는 투자에서 손실 책임을 묻는 경우가 무척이나 많다.

투자란 원래 실패하면 그게 손실로 기록되는 게 일반적인데, 한국 투자자들은 제작자나 감독에게 개인적으로 손해배상을 청구하는 등 온갖 추잡한 방법으로 손실을 줄여 왔다.

"하지만 네트웍플러스는 그러지 않거든."

물론 그게 다 좋은 건 아니다.

네트웍플러스는 저작권을 아예 통째로 가지고 가기 때문에 현실적으로 아무리 성공해도 추가 수익은 발생하지 않는다.

"하지만 그 대신에 시즌 2나 차기작에서 제작비를 엄청나게 올려 주지."

당연히 개인의 임금도 확실하게 올려 준다.

그래서 수익은 적지만 그만큼 손실 부담도 없는 시장이 바로 네트웍플러스다.

"모 아니면 도라는 형태를 원하는 제작자는 드물거든."

그런 상황에서 네트웍플러스가 특정 집단 소속의 배우들을 꺼린다?

당연히 제작자 입장에서는 그곳에 속하지 않은 사람을 고를 수밖에 없다.

"너도 알겠지만 연예인관리협회에 속한 회사들은 대부분 고만고만해."

진짜 커다란 곳은 협회에 들어갈 이유가 없다. 애초에 그들은 배우들을 착취하려고 하지도 않고 말이다.

엔터테인먼트조합에도 들어가지 않는데 연예인관리협회에 들어갈 이유는 더더욱 없었다.

그렇다 보니 협회의 회사에 소속된 배우들 입장에서 네트웍플러스와 계약하지 못한다는 것은 심각한 문제다.

글로벌 스타로 발돋움할 수 있는 기회 자체가 사라진다는 거니까.

"그런데 오빠, 그러면 배우들이 협회에서 빠져나오기를 원하는 거야?"

"아니. 그럴 수는 없지, 상식적으로."

배우들이 협회에서 빠져나오려면 먼저 계약을 해지해야 하는데, 그럴 정도의 일은 아니기 때문이다.

다만 해당 기획사에 계속 있어 봤자 소수의 한국 전용 작품들에만 기대어서 인기를 끌어야 한다는 건데, 대부분의 작품들이 해외 진출을 노리고 만들어지는 상황에서 그나마 한국 전용 작품이라고 할 수 있는 아침 드라마조차도 이제는 아예 사라진 상황.

그런 상황에서 해외 진출에 방해될 만한 곳에 계속 머무르고 싶어 하는 배우는 없을 거다.

"어찌 되었건 그렇게 되면 네트웍플러스도 배우 섭외에 한계가 생기니까 좋은 그림은 아니고."

"그러면 어쩌려고? 합의하려고?"

"흠…… 합의는 하지. 하지만 연예인관리협회와는 안 하지."

노형진은 씩 웃으며 말했다.

"내가 왜 굳이 엔터테인먼트조합 사람들이 연예인관리협회에 들어가게 했겠어?"

그들을 위해서? 아니면 그들과 화합하려고?

아니다.

"누군가는 구제를 해야 하지 않겠어? 난파선이 있으면 구조선도 있는 법이지, 후후후."

든 자리는 몰라도 난 자리는 안다

　박상규는 자신과 함께 엔터테인먼트조합에 있던 사람들을
만나고 있었다.

　"제가 이번에는 실수한 것 같군요. 여기에 들어오는 게 아
니었습니다."

　"아닙니다. 대표님이 아시고 그런 것도 아니지 않습니까?"

　"맞습니다. 힘을 합해서 좋은 일을 하려고 들어오신 거 아
닙니까?"

　"그건 그렇습니다만……."

　박상규는 침울한 척 말하면서 속에서 올라오는 웃음을 감
추기 위해 엄청나게 노력해야 했다.

　'이게 가능할 줄은 몰랐는데.'

처음 노형진에게서 엔터테인먼트조합 멤버들을 가입시키는 방식으로 연예인관리협회를 집어삼키겠다는 계획을 들었을 때만 해도 말도 안 된다는 생각을 했다.

왜냐하면 연예인관리협회에는 이미 확고한 기득권층이 있고 그들을 무너트릴 방법이 없었기 때문이다.

물론 시간이 지나면 자신들이 이사로 출마할 수도 있겠지만, 그래 봤자 이사 자리 한두 개 차지하는 정도이지 연예인관리협회를 집어삼키는 건 절대 불가능할 거라고 생각했다.

그런데 그게 이렇게 가능해지다니.

"일단 이번 사태에 관해 저는 참으로 안타깝게 생각합니다."

박상규는 떨떠름한 표정으로 말했다.

"그래서 일단 우리만이라도 살아야 할 것 같네요."

"우리만이라도 살자고요?"

"네. 물론 중복 가입이기는 하지만, 그래도 엄밀하게 말하면 우리는 다른 단체 소속 아닙니까?"

"그렇죠."

"그러니까 그쪽이랑 이야기해서 구제받도록 하죠."

"설마 탈퇴를 하시겠단 말입니까?"

"그래야지요. 설마 연예인관리협회와 같이 망할 생각이십니까?"

"아니요. 그럴 수는 없죠."

당연히 그럴 수는 없다.

그쪽 상부에서 병신 짓을 한 건데 왜 굳이 같이 망하겠는가?

"우리라도 탈출해서 살아남읍시다."

어차피 새로 조직을 만들 필요도 없다. 이미 엔터테인먼트 조합이 있으니까.

"알겠습니다."

결국 그들은 기존대로 연예인관리협회와는 별도의 새로운 조직에서 대응하기로 했다.

현재로서는 그게 합리적인 방법이었으니까.

그리고 그걸 다른 조직원들이 모를 수가 없었다.

⚖️

"그 말이 사실이야?"

"뭐가?"

"아니, 나간다면서?"

"아아, 그렇게 될 것 같아. 이야기 중이지만."

잠깐 사이 엔터테인먼트조합 사람들과 친해진 협회 사람들 사이에서 소문이 도는 건 너무나 당연한 일이었다.

"그게 무슨 말이야?"

"우리라도 살아야지."

"뭐?"

"우리라도 살아야지. 그렇잖아. 같이 죽을 수는 없으니까."

한 명이 입을 열자 여기저기서 모여들기 시작했다.

그렇잖아도 네트웍플러스의 수사 협조 요청을 받아들이지 않겠다는 연예인관리협회의 발언으로 인해 다들 불안해서 어쩔 줄 몰라 하고 있었던 탓이다.

"솔직히 말이 수사 협조 요청 거부지, 그냥 수사를 방해하겠다는 거 아냐?"

"그건 그렇지."

다들 고개를 끄덕거렸다.

수사를 돕지는 못할망정 최소한 방해라도 하지 않아야 하는데, 현재 내부에 도는 소문에 따르면 연예인관리협회는 명백하게 수사를 방해하고 있었다.

당연하다.

그간 연예인들을 컨트롤하기 위해 부당하게 활동 금지를 걸어 버린 게 어디 한두 번이란 말인가?

그렇다 보니 박동거와 백기악을 대상으로 한 수사가 종국에는 자신들에게까지 향할까 봐 두려운 것이다.

그러나 그들의 그런 행동은 결국 다른 회원들에게 부담으로 다가올 수밖에 없었다.

"일단은 박상규 조합장이 잘 이야기해서 어떻게 우리는 오해를 푸는 방향으로 간다고 했어."

"오해를 푼다고?"

"엔터테인먼트조합은 네트웍플러스가 들어올 때부터 긴밀

한 관계를 이어 왔잖아."

"끄응, 그렇지."

"그리고 네트웍플러스가 고소한 대상도 우리가 아니라 박동거랑 백기악 그 새끼들이잖아."

"그렇지."

"그러니까 지금이라도 협회랑 손절하면 딱히 우리가 손해볼 건 없다 이거지."

"하지만 연예인관리협회에서 꼬장 부리면 어쩌려고?"

"무슨 꼬장?"

말하던 사람이 피식, 비웃음을 흘렸다.

"무슨 깡으로 꼬장을 부리는데?"

"응?"

"그렇잖아. 나만 나가는 게 아니라니까."

"아!"

당연하게도 탈퇴하는 건 한두 명이 아니라 엔터테인먼트 조합 소속의 모든 기업이다.

그 숫자만 백 단위를 훌쩍 넘는다.

"그렇기는 하겠네."

듣고 있던 남자는 저도 모르게 고개를 끄덕거렸다.

연예인관리협회 놈들이 아무리 막장이고 권력을 휘둘러 활동을 막는다 해도 결국은 한두 명, 잘해 봐야 어중간한 기업 한두 군데 정도다.

진짜로 권력을 쥐고 있는 집단을 건드리거나, 대단위 이탈 등을 막을 능력은 안 된다.

"왜? 그래도 방해할까 봐?"

"아니, 그냥……."

왠지 곤란한 표정을 짓는 남자.

그때 옆에서 대화를 듣고 있던 다른 남자가 문득 말을 건넸다.

"말씀 중에 죄송합니다. 저는 유리엔터테인먼트의 유상고라고 합니다."

"네? 아, 네. 그라엔엔터 박이수입니다."

"끼어들어서 죄송한데, 진짜로 한꺼번에 나갑니까?"

그 말에 박이수라고 자신을 소개한 남자는 잠깐 고민하다가 고개를 끄덕거렸다.

딱히 비밀도 아닐뿐더러 조만간 벌어질 일이니까.

"네. 뭐, 엔터테인먼트조합 소속은 다 나갈 겁니다."

"그 정도라고요?"

"네. 아무래도…… 아시잖아요. 네트웍플러스랑 싸움 난 건 협회 측인데 우리가 굳이 거기 끼어서 등이 터질 이유는 없죠."

"하긴, 엔터테인먼트조합은 네트웍플러스의 한국 진출 초기부터 사이가 좋기는 했지."

친밀하게 대화를 나누던 한 협회 사람이 그 말에 과거의 기억을 더듬으면서 고개를 끄덕거렸다.

"아, 이럴 줄 알았으면 나도 그쪽으로 갈걸."

"오면 되잖아?"

"이제 와서?"

"조합에 숫자 제한 같은 게 어디 있어?"

"응?"

그 말에 남자는 귀가 솔깃해졌다.

그런데 그 말에 귀가 솔깃해진 사람이 한둘이 아니었다.

유상고 역시 구미가 당기는 얼굴로 넌지시 물었다.

"지금도 받아 줍니까?"

"당연히 받아 주죠. 자리가 많은 건 아니지만."

박이수는 떨떠름한 표정으로 말했다.

"정확하게는, 중견은 자리가 넘치죠. 아예 작은 곳은 없지만요."

"그게 무슨 말입니까?"

"엔터테인먼트조합은 공동 사무실을 쓰거든요."

공동 사무실, 공동 연습실 그리고 공동 숙소를 쓰면서 소형 엔터테인먼트의 부담을 덜고 자립을 돕는 형태를 취하고 있다 보니 이용할 수 있는 공용 시설의 수에 한계가 있다.

"연습실의 수에도 한계가 있는데 작은 곳이 백 개씩 되면……."

"하지만 중견급은 아니라는 거군요."

"네. 어차피 중견급쯤 되면 대부분 연습실이나 사무실을 따로 쓰지 않습니까?"

"그건 그렇죠."

박이수의 설명에 유상고 역시 고개를 끄덕거렸다.

그 또한 그렇게 따로 사무실을 쓰고 있으니까.

"그래서 공동 사무실이나 공동 연습실을 쓰는 조건으로는 숫자 제한이 좀 있지만, 단순 회원사 가입에는 제한이 없어요."

"그러면 저희가 그쪽으로 가면 같이 보호를 받을 수 있을까요?"

가장 궁금한 점이 바로 그거였기에 다들 이어질 말에 귀를 쫑긋 세웠다.

그리고 그 말을 들은 박이수는 잠깐 고민했다.

자신이 엔터테인먼트조합에 속해 있기는 하지만 대표는 아니니까.

하지만 그간의 운영 방침이나 이야기를 들어 보면…….

"그럴걸요."

"가능하다고요?"

"애초에 엔터테인먼트조합은 외부의 부당한 압력에 저항하기 위해 모여서 만들어진 곳이기도 하고요."

물론 이번에는 위에서 병신 짓을 한 것이니 부당한 압력이라고 볼 수는 없지만, 아래에서 자기 일을 하던 다른 회사들에는 날벼락이나 다름없었다.

"그간 엔터테인먼트조합이랑 좋은 관계를 유지했던 네트워크플러스가 갑자기 돌변해서 우리한테 이빨을 드러낼 리도 없고."

나름대로 머리를 긁적거리면서 조용히 말하는 박이수.

"그리고 솔직히 네트워크플러스도 믿는 구석이 있으니까 뻗대는 거 아니겠습니까?"

"아!"

"하긴, 그것도 그러네."

달리 배우를 수급할 방법이 없다면 네트워크플러스에서 과연 연예인관리협회와 굳이 싸우려고 할까?

아닐 거다. 나름대로 배우를 수급할 방법이 있으니까 싸우는 거다.

"그리고 딱히 생각나는 건 우리밖에 없네요. 거기다가 초창기에 다들 손절할 때도 우리는 도와줬고."

거기다가 박상규가 중간에서 중재하려고 노력도 했고 말이다.

"그러면 네트워크플러스에 출연할 수 있다는 소리네요."

"네, 아, 물론 우리 협동조합 소속이라면요."

그 말에 유상고는 고민하는 눈치였다.

유상고뿐만이 아니었다.

"왜 그러십니까?"

"아니, 그게 말입니다, 지금이 아니면 기회가 없다 싶기도 하고…….”

“그게 무슨 말이죠?”

“사장님은 우리 협회에 들어오신 지 얼마 안 되셨나 보네요.”

“네, 뭐…….”

그 말에 유상고는 떨떠름한 표정으로 말했다.

“그…… 출연 금지가 떨어지는 대상이 연예인만이 아니라서요.”

“그게 무슨 말입니까?”

“밉보이면 알게 모르게 작은 소속사들도 출연 금지가 결정된다는 거죠.”

그 말에 박이수도, 그 친구도 기가 막혔는지 입이 쩍 벌어졌다.

“아니, 잠깐? 소속사에도 출연 금지를 내린다고요?”

“물론 공식적으로는 아닙니다.”

공식적으로 특정 회사에 출연 금지를 내리거나 하면 법적으로 문제가 될 수 있다.

하지만 언제나처럼 이런 일은 비공식적으로 이루어진다.

“특히 밖으로 나가는 경우는…… 좀…….”

“밖으로 나간다? 설마 연관협에서 탈퇴하면 그런 짓을 한단 말입니까?”

“아무래도 연관협의 가장 강력한 힘은 숫자니까요.”

수백 개의 엔터테인먼트가 속해 있는 연예인관리협회.

그들은 자신들의 권력을 유지하기 위해 아주 오랜 기간 노력해 왔다.

　"사실 어떤 조직이든 간에…… 분란이라는 게 없을 수가 없지 않습니까?"

　"그렇죠."

　유상고는 그렇게 말하면서 쓰게 웃었다.

　"그리고 그럴 때 가장 먼저 쓰는 방법이 나가서 새로운 조직을 만드는 건데."

　"아, 그렇기는 하죠."

　"그런데 연예인관리협회의 이사진은 그걸 엄청 싫어하거든요."

　자기들이 권력을 확실하게 쥐고 있어야 하는데 나간다?

　아니, 나갈 수는 있다. 하지만 새로운 단체를 만드는 건 용납 못 한다.

　"실제로 연관협에서 나간 곳도 있고…… 다른 단체도 있지만, 그곳들은 오래 못 가거나 파워가 약합니다."

　"설마?"

　"네, 맞아요."

　연예인관리협회에서 탈퇴하는 경우 알게 모르게 해당 회사에 속한 연예인들에게 불이익을 준 거다.

　출연 금지같이 눈에 띄지 않는 방법을 쓰기도 하고, 계약 기간이 되면 슬쩍 접근해서 계약을 파투 내도록 유도하기도 한다는 것.

"파투요?"

"네. 방법이야 많죠."

재계약 시기가 된 연예인에게 계약금으로 10억씩 준다는 곳이 한 예닐곱 군데쯤 되면 연예인은 자신의 몸값을 착각해서 기존 소속사에 비싼 몸값을 부른다.

당연히 소속사는 거절할 것이고, 결국 계약은 파투 난다.

그러나 연예인이 생각하는 몸값은 잔뜩 부풀려진 것이니 그 연예인이 다른 곳에 가고 싶다고 해도 받아 주는 데가 없어 그대로 강제 은퇴해 버리거나 조건을 낮춰서 다른 곳으로 이적하게 된다.

어차피 기존에 있던 곳과는 사이가 틀어져서 돌아갈 수가 없기 때문이다.

"미친!"

그 말에 박이수의 눈이 커졌다.

설마 그런 짓까지 할 줄은 몰랐으니까.

"여기서 나가는 방법은 하나뿐입니다. 망해서 나가는 거죠. 아니, 망해서도 못 나가는 곳도 엄청나게 많기는 하네요."

"망해서도 못 나간다고요?"

"네. 한국에 엔터테인먼트 회사가 많은 건 사실이지만 거의 천 단위 가까이 된다는 건 말이 안 되죠."

"끄응…… 그건 그렇죠."

소속사들은 대부분 다수의 배우와 계약하니까.

특히 실력 좋은 곳일수록 더 많은 연예인을 보유하게 된다.

"솔직히 이름만 남아 있고 아예 활동하지 않는 곳들이 어디 한두 군데입니까?"

그럼에도 불구하고 일단 들어오면 연예인관리협회는 별도의 탈퇴서를 내지 않는 이상 무조건 남겨서 자기들의 숫자를 늘린다고.

"정식으로 탈퇴하고 나가면 모를까, 회사에서도 못 나갑니다."

그런데 회사가 망했는데도 굳이 찾아와서 탈퇴서를 내는 사람은 거의 없다는 것.

"허."

그 말에 박이수는 혀를 끌끌 찼다.

유상고의 말대로라면 진짜 어이가 없는 일이니까.

"하지만 지금 상황이라면…… 여기서도 방법이 없을 테니까요."

"하긴, 이탈하는 숫자가 적지 않겠지요."

최소한 이백에 가까운 숫자가 이탈할 거다.

보복하는 거? 그게 가능할까?

이미 네트웍플러스와 싸우고 있고 경찰의 수사를 받는 중인 데다 조합에는 대룡이 있는데?

"물론 이런 기회를 이용한다는 게 좀 그렇지만."

"뭐, 상관없지 않을까요?"

유상고의 말에 박이수가 머리를 긁적거리면서 말했다.

"제가 손해 보는 것도 아니고 말이죠."

이 상황에서는 연예인관리협회가 손해를 봤으면 봤지 자신이나 조합에서 손해를 볼 이유는 없다.

"한번 저희 조합에 찾아오세요. 혹시 모르죠, 어쩌면 방법이 있을지."

그리고 그 말에 유상고뿐만 아니라 주변의 연예인관리협회 측 사람들의 얼굴이 환해지기 시작했다.

"이탈자가 엄청 많습니다. 아니, 많은 정도가 아니에요. 실질적으로 활동하고 있는 소속 기업들은 다 나가겠다고 하고 있습니다."

박상규는 신기한 듯 말했다.

처음에 노형진이 연예인관리협회에 들어가라고 했을 때는 좀 꺼림칙했다. 그다지 좋은 곳도 아니었으니까.

그런데 그 결과가 생각지도 못한 방향으로 굴러가고 있었다.

"아직 본격적인 이탈 이야기는 하지 않았습니다만 저희 엔터테인먼트조합에 가입하겠다는 사람이 엄청납니다."

노형진은 예상했기에 별로 놀랍지 않다는 듯 말했다.

"그럴 겁니다. 나갈 수 있는 기회니까요."

"그런데 어떻게 아신 겁니까? 기회만 되면 나갈 거라는 걸."

"이런 말이 있죠, 든 자리는 몰라도 난 자리는 안다."

"그건 저도 들어 봤습니다."

든 자리는 몰라도 난 자리는 안다.

즉, 사람이 채워진 건 잘 느껴지지 않지만 비워진 건 잘 느끼게 된다는 거다.

"조직도 마찬가지입니다."

기존에 연예인관리협회에 속해 있던 사람들이 새롭게 들어온 사람들에 대해 따로 알기 위해 찾아다니거나 소개받는 자리를 가지거나 하지는 않으니 숫자가 확 늘었다는 느낌은 들지 않을 거다.

"하지만 소속된 사람들이 갑자기 나간다고 하면 티가 날 수밖에 없죠."

"그렇죠."

하물며 엔터테인먼트조합 측의 숫자가 적은 것도 아니고, 세력으로 보면 거의 비등비등했다.

물론 명목상의 숫자는 연예인관리협회가 훨씬 많다.

왜냐하면 그들은 이미 망한 곳도 따로 탈퇴서를 내지 않는 이상 그대로 놔두기 때문이다.

실제 회원 수는 거의 비등하고, 영향력으로 비교하면 엔터테인먼트조합보다 훨씬 못하지만 말이다.

"그런데 그런 곳의 회원들이 대량으로 이탈하겠다고 하는데 과연 내부에서 모를까요?"

"모를 수가 없죠."

"네. 그래서 내부에 누군가를 섞을 때는 조심해야 합니다. 예를 들어 전쟁에서 패잔병을 섞어 두면 부대가 와해될 가능성이 더욱 커집니다."

왜냐하면 패잔병은 이미 마음이 한번 꺾인 상태라 불리하다 싶으면 그대로 도주하려고 한다.

당연히 다른 부대원들이 그 모습에 영향을 받지 않을 수가 없다.

"그런데 한두 명도 아니고 수백 단위가 나가면 이야기는 달라지죠."

"애초에 엔터테인먼트조합 자체가 트로이의 목마였던 거군요."

"맞습니다."

만일 연예인관리협회가 조금이라도 머리가 있었다면 가입을 거절할 방법을 찾으려고 했을 거다.

하지만 그들은 세력을 늘리는 데에만 관심이 있었고, 특히 자기들이 이길 수 있는 기회라 생각해서 받아들여 줬던 것.

물론 처음에는 꺼렸지만 결국 별일 없을 거라 생각했던 것이 실수였다.

"이제 엔터테인먼트조합까지 이탈하면 협회는 난리가 날

겁니다."

노형진은 씩 웃으며 말했다.

"물론 여전히 파워가 있으니 어떻게 해서든 힘을 어필하고 자랑하며 이탈을 막으려고 하겠지요."

"그러면요?"

"나가기 전에 폭탄을 터트려야지요."

"폭탄?"

"네. 애초에 저놈들은 자기들이 숫자가 많다는 이유로 힘을 자랑해 왔습니다. 하지만 그 숫자는 거품이죠."

노형진은 어깨를 으쓱하며 말했다.

"들으셨다시피 이미 망한 곳들도 여전히 회원사로 등록되어 있습니다."

그냥 이름만 올려 두고 아무 활동도 하지 않아도 회원사인 이상 외부에는 그럴듯하게 보일 수밖에 없다.

"그러니까 그걸 물고 늘어져야지요."

"어떻게요?"

"망한 놈들이 돈을 내겠습니까?"

"아하!"

망해서 이제는 이쪽 업계에서 활동하지 않는 놈들이 과연 적지 않은 연회비를 낼까?

그럴 리가 없다.

신경도 쓰지 않을 테고, 그 사실은 연예인관리협회도 알고 있다.

"하지만 회원사로 존재하는 이상 그 돈이 들어왔다고 가정되죠."

"그러면……."

"네. 예산에서 빵꾸가 날 겁니다."

지금까지 연예인관리협회는 예산과 관련해서 단 한 번도 감사나 조사를 받아 본 적이 없다.

누구도 그럴 이유도, 그럴 수도 없었다.

반기를 들었다가는 퇴출되니까.

"하지만 엔터테인먼트조합에서는 반기를 들 만하죠."

애초부터 사이가 좋지 않았고 또한 지금은 가입하여 회원사가 되었다.

그들이 뭉쳐서 감사를 요구하면 지금까지 연예인관리협회를 이끌던 이사들은 법률상 그들의 감사 요구를 무시할 수 없다.

"그리고 감사가 이루어지면……."

"그간 숫자만 채우던 가짜 회원사나 망한 회원사를 정리하지 않을 수가 없죠."

그러지 않으면 그 많은 회원비를 횡령한 셈이 되니까.

설사 아니라고 해도, 그런 회원사들을 정리하는 것은 이사들의 책임이다. 실제로 정관에는 일정 이상 회원비를 내지 않으면 방출하도록 되어 있다.

"결국 그들의 가장 강력한 힘인 숫자가 줄어들 겁니다."

그리고 그때 노형진은 그들에게 마지막 쐐기를 박을 생각이었다.

⚖️

노형진의 계획대로 박상규는 엔터테인먼트조합 사람들을 모아서 정식으로 감사를 청구했다.

당연히 상관식은 기겁했다.

"아니, 감사라니요? 갑자기 말입니까?"

"갑자기가 아닙니다. 정관에 기재된 대로 10분의 1 이상의 회원사의 동의를 얻어서 감사를 요청하는 건데요?"

"그러니까 이유가 없지 않습니까?"

"없는 게 아니라 엄청 많습니다. 당장 예산이 너무 많이 비어요."

"네?"

"작년도, 재작년도, 3년 전도, 심지어 10년 전도 기록을 확인해 보니까 예산이 몇억씩 빕니다."

그 말에 상관식의 눈동자가 흔들렸다.

'그럴 리가 없는데.'

물론 중간에 빼돌리는 놈이 없다고는 말 못 한다. 실제로 그런 놈들이 있었으니까.

심지어 이사들은 아주 대놓고 빼돌리기도 했다.

하지만 그렇다고 해서 매년 몇억억씩이나 빌 리가 없다.

"그럴 리가 없지 않습니까?"

"아닙니다. 지금 속한 회원사들이 내는 비용을 추론해 보면 못해도 몇억억씩 빕니다."

"속한 회원사요?"

"네. 지금 여기에 속한 회원사들이 어디 한두 곳입니까?"

수백 곳에 달하고, 그들은 매년 200만 원의 회비를 내야 한다.

"그런데 매년 발표하는 사용 금액이나 예산안을 보면 절반도 안 돼요. 절반이 뭡니까? 4분의 1도 안 되는 것 같은데, 말이 안 되지 않습니까?"

그 말에 상관식은 할 말이 없었다.

그도 그럴 게 회원 중 4분의 3은 회비를 안 내니까.

아니, 안 내는 게 아니라 못 내는 거다.

이미 망한 회사가 어떻게 회비를 낸단 말인가?

하지만 그 사실을 알면서도 수년간 방치한 게 사실이다.

심지어 망해서 활동하지 않는 회사를 정리한 적이 단 한 번도 없었다.

"그게 말입니다, 조금은 이해를 해 주셔야 합니다."

"무슨 이해요?"

"사정이 안 좋아 오랫동안 돈을 못 낸 곳들이 있어서……."

"무려 4분의 3 이상이나 되는 회원사들이 돈을 내지 못할 정도입니까? 그러고 보면 회원사 중에 이제는 존재하지 않는 곳도 있던데."

"네…… 좀…… 일부 있죠."

"정관의 규칙에 따르면 3회 이상 회비를 내지 못하는 경우에는 협회에서 내보내는 걸로 되어 있는데요?"

회비는 분기별로 내야 한다.

즉, 9개월 이상 회비를 체납하는 경우 해당 기업은 방출해야 하는 것이다.

그런데 협회에서는 그런 적이 없었다.

도리어 이사들에게 반기를 든 회사들만 온갖 약점과 말도 안 되는 소리로 방출시켜 왔고, 그렇게 이 바닥에서 더 이상 활동하지 못하게 함으로써 자신들의 권력을 공고히 해 왔다.

"……"

결국 상관식은 자신이 곤란한 입장에 처했음을 깨달았다.

이걸 그대로 무시하자니 경찰 입장에서는 어쩔 수 없이 수사에 들어갈 정도로 심각한 사안이다.

분명 회원사들이 낸 돈이 어디로 갔느냐고 묻겠지.

그렇다고 그냥 무시하자니, 자신이 일을 제대로 하지 못해서 유령 기업들이나 망한 기업들을 방치해 온 꼴이 되어 조직의 얼굴에 통칠하는 것밖에 안 된다.

'환장하겠네.'

그렇잖아도 불안한 상황에서 이건 진짜 심각한 문제였다.

더군다나 최근 엔터테인먼트조합 소속 회사들이 나가려 한다는 소문이 돌면서 내부 분위기가 더욱 뒤숭숭하기 그지 없던 참이었다.

"이건 진짜로 오해라니까요."

"오해가 아니라 현실을 이야기하는 겁니다. 망한 곳이면 그냥 방출하면 되는 거 아닙니까?"

"그거야 그런데……."

"아니면 진짜로 연회비를 빼돌리는 겁니까?"

그 말에 상관식은 진짜로 곤혹스러운 얼굴을 했다.

"아니라니까요."

"그런데 왜 그렇게 부담스러워하십니까? 규정대로 이제 활동하지 않는 곳은 지우면 그만이지 않습니까?"

그 말에 상관식은 뭐라고 하지도 못하고 속으로만 끙끙거렸다.

"제대로 못하시면 저희는 고소하는 수밖에 없습니다."

"고소라고요?"

"그렇지 않습니까? 예산의 4분의 3이 날아간 판국인데."

"……."

그 말에 상관식은 아무런 대꾸도 할 수가 없었다. 틀린 말은 아니니까.

물론 무죄는 나올 거다.

왜냐하면 실제로 회원사의 4분의 3은 이미 망하거나 존재하지 않는 유령 기업이니까.

하지만 그게 사라지면 당연히 자신들의 힘도 사라진다.

'미치겠네.'

작은 곳이라면, 그리고 한 곳이라면 어떻게 해서든 압박을 가해서 찍어 눌렀겠지만 대룡은 작은 곳도 아니고 혼자도 아니었다.

그랬기에 협회가 할 수 있는 대응책은 없다시피 했다.

"가능하면 빨리 감사 결정을 내려 주셨으면 하네요."

그렇게 말하는 박상규는 다 안다는 듯 웃고 있었고, 그걸 아는 상관식은 입술이 바짝바짝 말라 왔다.

⚖️

"역시 그런가?"

노형진은 박상규의 보고에 예상대로라는 듯 고개를 끄덕거렸다.

"왜, 오빠? 뭔 일 있어?"

"연예인관리협회에서 감사에 대한 거부 결정을 내렸어."

"어? 왜? 정관에 따르면 감사를 받아야 하잖아."

"감사를 하면 자신들의 파워가 줄어들 걸 아니까."

더군다나 지금 이들은 네트웍플러스와의 싸움을 준비하고

있다. 그런 상황에서는 아무리 거품이라 해도 파워를 어필할 수 있는 뭔가가 필요하다.

"그런데 지금 감사해서 자기네들의 약점을 내보일 이유는 없다 이거겠지."

"어차피 감사에 들어가도 횡령은 성립되지 않을 테니까?"

"그래."

이미 망한 회사를 정리하지 않은 것은 그냥 일을 하지 않은 거고 큰 처벌 사항도 아니다. 왜냐하면 실질적으로 피해를 본 사람이 아무도 없기 때문이다.

"그러니 일단은 무조건 반대하면서 어떻게 해서든 시간을 끌어 보려고 하겠지."

노형진은 딱히 놀랍지도 않다는 얼굴로 말했다.

"하지만 그런다고 해서 벗어날 수 있을 리가 없지."

그렇게 쉽게 벗어날 수 있다면 노형진이 애써 함정을 팔 이유도 없었을 것이다.

"조만간 연예인관리협회에서는 공식적으로 항의 서한을 발송할 거야. 그리고 기자회견도 하겠지."

그런 식으로 여론전을 함으로써 그간 연예인관리협회는 자신들의 파워를 자랑해 왔다.

그리고 그런 그들의 행동으로 인해 대부분의 사람들은 저항하지 못했다.

"그런데 사람들이 착각하는 게 뭔지 알아?"

"뭔데?"

"이사회는 조직을 대표하지만 또 동시에 대표하지 못한다는 거야."

"무슨 말이야?"

"이사회는 의결기관으로서 조직 내에서 이루어지는 행위에 대해서는 의결권이 있어."

가령 이사회에서 조직의 예산안을 올린다고 치자. 분명 그건 효력을 발휘한다.

"그런데 개개인의 의견에 대한 대리권이 있을까?"

"개개인의 의견?"

"이놈들이 발표할 때 뭐라고 하겠어?"

"당연히 연예인관리협회라는 이름으로 하겠지."

"그래. 그런데 그놈들은 관리협회의 이사회일 뿐이니까."

"이해가 안 가는데."

서세영은 여전히 이해가 안 간다는 듯 고개를 갸웃했다.

그러자 노형진은 잠깐 고민하다가 좋은 예시가 떠올랐는지 손바닥을 맞부딪치며 말했다.

"노조에서 파업을 할 때 말이야, 투표를 하잖아."

"그렇지."

"번거롭게 왜 그럴까? 이미 노조에 집행부가 있고 대리권이 있으니 집행부에서 결정하고 결행하면 되는데."

"그게…… 아!"

그제야 서세영은 노형진이 말하는 게 뭔지 알아차렸다.

"대리권의 영역이 오버되는구나!"

"맞아."

외부적으로 보이는 것에 관해서는, 특히 법률적 분쟁에 관해서는 절대로 조직이 대리할 수 없다.

변호사가 대리를 하든가, 조직에서 별도의 과정을 거쳐 투표하든가, 아니면 위임 과정을 거쳐서 대리권을 취득해야 한다.

이사회니 집행부니 하는 곳들은 조직 내부의 의사 결정을 하는 곳이지 외부에 대한 투쟁을 결정할 수는 없기 때문이다.

"그런데 저쪽에서는 어떻게 하겠어? 사실 뻔하지. 그간 연예인관리협회는 수직적이었거든."

이사회에서 결정해서 외부에 통지하면 아래에서 따르는 형태다.

"그런데 그걸 아래에서 거부하면? 그때는 이러지도 저러지도 못하지."

"아, 그렇구나."

집단의 힘을 이용해서 권력을 누려 왔는데 그 집단이 그들을 내친다?

그들의 몰락은 확정적이다.

"이럴 때는 핀 포인트 사격이지. 저격수가 왜 무서운데, 후후후."

유상고는 네트웍플러스의 내용증명을 보고 정신이 어질어질해졌다.

다른 곳도 아니고 네트웍플러스에서 직접 내용증명을 보낼 줄이야.

"이…… 이걸 어쩌지?"

유상고는 심장이 벌렁벌렁 떨렸다.

그도 그럴 게 내용이 엄청나게 심각했으니까.

　귀사의 무궁한 발전을 기원합니다…….

그렇게 시작된 내용은 단순했다.

연예인관리협회의 이름으로 자신들을 규탄하는 성명이 발표되었는데, 거기에 동의했느냐는 질문이었다.

당연히 동의해 준 적 없다.

애초에 연예인관리협회에서는 동의를 위한 의견도 제시한 적이 없었다.

언제나처럼 이사진이 자기들끼리 알아서 결정하고 지랄한 것이다.

"미치겠네."

전에는 문제가 안 되었다. 하지만 이번에는 문제가 안 될 수가 없었다.

상대방은 네트웍플러스다.

그런데 자신이 동의해 줬다고 하면?

당연히 앞으로 네트웍플러스의 작품에 자기네 배우들을 넣는 건 턱도 없는 소리가 될 거다.

그렇다고 동의하지 않았다고 솔직하게 말하자니, 여전히 연예인관리협회의 힘이 두려웠다.

"미치겠네."

머리를 부여잡고 고민하던 유상고는 문득 박이수가 생각 났다.

그라면 어쩌면 방법이 있을지도 모른다는 얘기를 들었던 지라 그는 다급하게 전화를 걸었다.

-아, 유 사장님. 어쩐 일이십니까?

"다름이 아니라, 네트웍플러스에서 말입니다."

-아, 그거요? 저도 받았습니다.

"그거 뭐라고 하실 겁니까?"

-뻔하죠. 동의한 적 없다고 할 겁니다. 애초에 동의한 적 도 없고요. 이거 월권 아닙니까? 누구 마음대로 우리 이름으로 발표를 해요?

"아니, 그래도 됩니까?"

-어차피 우리야 나갈 건데 상관없죠.

"아…… 네……."

확실히 그렇다.

엔터테인먼트조합이야 어차피 나갈 거니 거짓으로 동의했다고 해 줄 이유가 없다. 그리고 손해 볼 것도 없다.

"그러면 그…… 다른 곳들은……."

─저야 모르죠. 일단 저는 그런 적 없다고 내용증명을 보낼 겁니다.

"……."

그 말에 유상고는 고민에 빠졌다.

확실히 자신도 동의해 준 적이 없다.

하지만 그냥 무시하고 넘기기에는, 이건 그럴 만한 내용증명이 아니다.

'미치겠네.'

여기서 무시하면 네트웍플러스는 자신의 회사를 콕 집어서 출연 금지 시킬 거다.

그렇게 고민하는 그때, 핸드폰에서 박이수의 목소리가 들렸다.

─고민하지 말고 그냥 이쪽으로 오세요.

"네?"

─보니까 연예인관리협회 회원사에는 다 보낸 것 같던데, 그중에서 '동의했습니다.'라고 할 회원사가 얼마나 되겠어요?

"그건 그렇죠."

─저희 조합으로 오겠다는 회사들 엄청 많습니다. 거기 계

속 계시다간 같이 죽어요.

그 말에 유상고는 마음이 동했다.

아니, 확 기울었다.

어차피 이런 상황인데 그만 죽을 수는 없었다.

"그러면 그쪽으로 갈까요?"

ㅡ아, 오시는 건 좋은데 내용증명은 보내셔야 할 거예요. 저희 쪽에서도 말이 나왔어요. 대답을 안 해서 괜히 의심 사지 말고, 동의한 적 없다고 확답하는 내용증명을 확실하게 보내라고.

"알겠습니다."

그 말에 틀린 것은 없었기에 유상고는 고개를 끄덕거렸다.

⚖

네트웍플러스는 내용증명을 받아서 정리했다. 그리고 정식으로 연예인관리협회의 이사진을 사칭 및 월권으로 경찰에 고소했다.

그렇잖아도 날벼락이 떨어진 연예인관리협회는 갑작스러운 고소에 정신을 차릴 수가 없었다.

"아니, 내가 이사야! 이사라고!"

이상조는 화를 내면서 경찰에 항의했다.

그러나 경찰은 단호했다.

"이사이신 건 압니다. 그런데 이건 외부 위력 행사잖아요. 당연히 회원사들의 동의를 얻으셔야지요."

"내가 이사라니까! 대표라고!"

"그건 어디까지나 내부적인 문제고요. 이건 법적 문제라서요."

"미치겠네."

이상조는 미칠 것 같았다.

상황이 그의 생각과는 너무나 다르게 돌아가고 있었다.

"그리고 이것도 문제인데요."

"뭐가? 또 뭐가 문제인데?"

"그, 다른 곳을 사칭하셨던데요?"

"사칭?"

"네. 뭐 다른 회원사들이야 그렇다고 쳐도 말이죠."

경찰은 머리를 북북 긁으며 말했다.

사실 법적인 판단은 경찰이 아닌 법원이나 검찰에서 해야할 일이다.

"하지만 이미 없는 회사들도 사칭하셨잖아요."

"없는 회사들?"

그 말에 이상조는 정신이 번쩍 들었다.

확실히 연예인관리협회에서 힘을 자랑할 목적으로 여전히 가지고 있는 명단이 있다.

"네."

"거기도 회원사라니까."

"아니죠. 이미 그에 대해 감사 중이고."

경찰은 어이가 없다는 듯 말했다.

"이미 사업자까지 말소된 곳들이던데."

사업자라도 살아 있다면 모를까, 그것도 없는 상황에서 과연 그게 사칭이 아닐까?

그 회사들이 망한 걸 알면서도 회원사로 등록한 게 사칭이 아니라면 뭘까? 그런 회사들은 다들 몇 년간, 어떤 곳은 수십 년간 회원비도 내지 않았는데?

"이게 애매하기는 한데 문제가 되기는 할 거예요."

"미치겠네."

전혀 생각도 하지 못한 방식으로 사건이 굴러가기 시작하자 이상조는 긴장한 얼굴로 침을 꿀꺽 삼킬 수밖에 없었다.

⚖️

"얼마나 줄었다고요?"

노형진은 비웃음으로 가득한 얼굴로 말했다.

"대략 4분의 3이 줄었습니다. 회원사 숫자가요. 유령 회원사가 그렇게 많을 줄이야."

"그럴 줄 알았습니다. 애초에 한국에 엔터테인먼트 업체 수백 군데가 계속 유지된다는 게 말이 안 되죠."

박상규의 말에 노형진은 고개를 끄덕거리며 혀를 찼다.

"오빠, 그러면 이제 끝난 거야?"

"응? 아니야. 아직 안 끝났어. 최종 목적을 이루어야지."

"소안 양 말이지?"

"그래."

노형진은 그렇게 말하면서 고연미 변호사를 바라보았다.

"지금 소안 양이 다른 소속사를 구했습니까?"

"일단은 적당한 곳을 구했어요. 대룡엔터테인먼트는 아니고 엔터테인먼트조합에 속한 곳이에요."

"그러면 최종 준비는 끝난 것 같군요."

노형진은 고개를 끄덕거리며 말했다. 그 말에 고연미 변호사는 고개를 갸웃했다.

"최종 준비요?"

"네. 이제 마지막으로 연예인관리협회의 힘을 제대로 빼 버려야지요."

노형진은 어깨를 으쓱하며 말했다.

"백기악에게 최후통첩을 보내세요. 활동 금지 관련 손해 배상을 청구하겠다고."

노형진은 아주 잔인하게 웃으며 말했다.

"발악하다가 나락으로 떨어지는 기분이 어떤 건지 한번 느껴 보라고 하세요."

"이 개 같은 년이!"

백기악은 길길이 날뛰고 있었다.

은혜도 모르는 년이 자신을 배신했다고 생각했으니까.

네트웍플러스와 싸우다 보니 완전히 잊어버리고 있었던 그의 잘못이었지만, 백기악은 자신에게 내용증명을 보낸 소안의 행동에 황당함을 감출 수가 없었다.

당연하게도 백기악은 길길이 날뛰면서 내용증명을 챙겨서 연예인관리협회로 달려갔다.

"이건 안건으로 올려야겠습니다."

"아니, 백 회장. 이사도 아닌데 이렇게 오면 어떻게 합니까?"

그 말에 다들 당황하며 얼굴을 찡그렸다.

보통 이럴 때는 이상조를 통해 수작을 걸어오던 자가 이렇게 갑자기 직접 찾아오다니.

"내가 너무 화가 나서 말입니다, 우리를 무시해도 유분수지. 어디 감히 대가리에 피도 안 마른 년이!"

내용증명을 흔들며 언성을 높이는 백기악.

이상조가 그걸 가져가서 읽어 보더니 눈을 찡그렸다.

"기가 막히는군요. 이 개 같은 년은 필히 활동 금지를 걸어야 합니다."

그렇게 내용증명을 돌려 본 이사들은 하나같이 얼굴이 시뻘게졌다.

자기들이 곤란한 처지에 있다는 것은 안다. 하지만 잘나가는 톱스타도 아니고 그저 그런 수준에 불과한 연예인이 자신들에게 내용증명을 보내다니.

물론 수신자는 카라스엔터와 이상조지만 결정을 내리는 건 자신들이 아닌가?

더군다나 정신이 없어서 흐지부지되고 있었다지만 이미 자신들이 소환도 하고 진술도 들어 보려고 하지 않았던가?

"선을 넘어도 단단히 넘는군요."

"우리가 만만하게 보여도 너무 만만하게 보였군."

지금은 네트웍플러스와 싸우고 있고, 그 싸움에서 협회가 불리한 것도 사실이다.

하지만 아무리 그래도 자신들은 연예인관리협회고 이 바닥에서 수십 년간 권력을 확고히 유지하고 있던 조직이다.

"이대로 넘어갈 수는 없습니다."

백기악은 목소리를 높였다.

자신이 정신이 없어서 그냥 흐지부지 넘어간다면 모를까, 자신에게 선전포고를 한 년을 놔두기에는 자존심이 너무 상했다.

"바로 처분 내리죠. 뭐, 마침 다들 여기에 계신 것 같으니."

그렇잖아도 네트웍플러스 관련 회의로 모여 있던 사람들은 고개를 끄덕거렸다.

"저는 소안의 연예 활동 금지에 동의합니다."

"나도 동의합니다."

"나도."

너도나도 동의하는 그때, 한 명이 왠지 꺼림칙한 표정을 지었다.

"잠깐 생각 좀 해 봐야 하는 거 아닙니까?"

"뭐요?"

"야! 지금 내빼는 거야?"

백기악의 목소리가 높아졌다.

그러자 그 이사가 떨떠름하게 말했다.

"내빼는 게 아니라 뭔가 꺼림칙해서 그래요. 내용증명을 보낸 건 새론 아닙니까?"

"그래서 뭐? 새론이 무슨 상관인데!"

확실히 네트웍플러스와 관련된 소송은 새론과 아무런 관련이 없다.

엔터테인먼트조합 역시 외부적으로는 새론과 협조 관계일 뿐 산하 조직도 아니고 말이다.

"영 꺼림칙한데."

"이 새끼 내빼? 혼나 볼래?"

백기악의 반말에 그는 눈을 찡그릴 수밖에 없었다.

본인도 이사이지만 사실 이사도 아닌 백기악이 이 바닥에서 더 힘이 센 건 알고 있으니까.

"후우~ 알겠습니다. 동의하죠."

그렇게 만장일치로 소안의 연예 활동 금지 결정이 내려졌다.

생각보다 오래 걸리긴 했지만 자신이 원하는 대로 결정된 현실에 백기악은 흡족한 얼굴이 되었다.

하지만 그는 몰랐다, 그 짧은 시간 사이에 얼마나 많은 것이 바뀌었는지.

⚖️

"전화가 돌았다네요. 공문도 오고."

"소안 양에 대한 연예인 활동 금지 말이죠?"

"네."

고연미는 떨떠름한 얼굴로 말했다.

노형진의 말대로 내용증명을 보냈지만 예상대로 그들은 분노에 휩싸여서 대답 대신에 활동 금지를 걸어 버렸으니까.

"뭐, 원했던 일입니다. 이제는 우리의 파워를 각인시켜야지요."

노형진은 그렇게 말하면서 박상규를 돌아보았다.

"박상규 대표님은 이 사태에 대해 어떻게 생각하십니까?"

그 말에 박상규는 씩 하고 웃었다.

노형진이 그간 한 모든 행동이 이제 최종장을 향해 달려가고 있기 때문이다.

"그러니까 연예인관리협회에서 우리 엔터테인먼트조합에 속한 연예인에 대해 부당한 이유로 활동 금지를 걸었다는 소리네요?"

"그렇죠."

"그러면 우리도 가만히 있을 수 없죠."

이번 일을 용인하면 앞으로 연예인관리협회에서 엔터테인먼트조합 배우에게 무차별적으로 활동 금지를 걸어도 말을 할 수 없기 때문이다.

물론 그렇게 막 나가지야 않겠지만 세상일이란 알 수 없는 법이니까.

"소송에서도 소안 양이 이겼고 법적으로도 문제가 없는데도 그러네요."

"그러게요."

"거기다가 또 제 버릇 개 못 줬네요."

심지어 이번에도 연예인관리협회라는 이름으로 정식 공문을 발송해 버렸다.

"거기다 소속사들의 동의도 얻지 않고 말입니다."

노형진이 강조하듯 말하자 박상규는 고개를 끄덕거렸다.

"그렇다면 당연히 싸워야지요."

느긋하게 박상규는 입을 열었다.

"동의 얻고 진행하실 거죠?"

"그럼요."

박상규는 당연하다는 듯 말했다.

"부당한 외부의 행동에 대항하기 위해 모인 게 우리 엔터테인먼트조합 아닙니까?"

그리고 이건 명백하게 부당한 행위다.

"이쪽에서 항의하면서 내용증명을 발송하겠습니다, 후후후."

⚖️

"아니, 씨팔. 어쩌라는 거야."

곽 PD는 양쪽의 상반된 서신을 보고 어이가 없어서 혀를 끌끌 찼다.

"뭔데요?"

"엔디아 소안 있잖아. 연예인관리협회에서 부당행위를 이유로 연예 활동 금지 처분을 내렸단다."

"또요? 하여간 그 새끼들은."

그 말에 AD는 혀를 끌끌 찼다.

"그러면 이번에 게스트에서 빼야겠네요. 아깝네. 그림 좀 살릴 수 있는데."

"다 들어 봐, 이 새끼야. 그런데 엔터테인먼트조합에서는 소안의 연예인 활동 금지 처분은 부당하다면서 활동 동의서를 보내왔다."

"뭘 보내요?"

"연예인 활동 동의서."

"뭐 그딴 서류가 있대요?"

"서류야 만들면 그만인데……."

문제는 두 서류가 서로 완벽하게 상반된 입장을 이야기하고 있다는 것이다.

동일한 개인에 대해 한쪽은 활동 금지를, 한쪽은 활동 찬성을.

"그…… 구설수 있으면 일단 거르는 게 좋지 않아요?"

"이 새끼야, 좀 기다려 보라고. 그러다 밉보이면? 그렇잖아도 지금 그쪽 개판 났다고 하더만."

"개판요?"

"연예인관리협회에서 오랫동안 활동을 하지 않는 회원사를 대거 정리하는 과정에서 회원사들이 대단위로 이탈해서 엔터테인먼트조합으로 넘어갔다잖아."

"아, 그래요?"

"새끼, 겁나 소문 느리네. 잘못 줄 서면 인마, 우리 게스트도 못 구하게 생겼어."

"끄응."

"그리고 너 입봉 안 할 거야?"

"해야지요, 당연히."

"그런데 너, 엔터테인먼트조합에 찍히고 입봉할 수 있을 것 같아?"

"환장하겠네. 그러면 어떻게 해요? 둘 중 하나라도 무시하면 완전히 새 되는 건데."

"미치겠네."

곽 PD 역시 이 상황을 어떻게 해야 할지 필사적으로 고민했다.

떠오르는 신흥 강자 엔터테인먼트조합이냐, 전통의 강자이자 현재 한국에서 가장 강력한 힘을 자랑하는 연예인관리협회냐.

그러나 그 고민은 오래가지 않았다.

"곽 PD님, 연예인관리협회에서 공문이 또 하나 날아왔는데요."

"새끼들, 또 뭔 짓이야? 우리를 협박이라도 하겠다는 거야, 뭐야?"

하지만 곽 PD는 이내 생각을 바꿨다.

엔터테인먼트조합에서 반대 공문을 보냈으니 그에 대응하려는 것일지도 모른다고.

그런데 그렇게 생각하며 받아 든 자료는 생각과 좀 달랐다.

"얼씨구? 이거 뭐야?"

"뭔데 그래요?"

"아까랑 똑같은 건데 연예인관리협회 산하 총 열여덟 개 엔터 명의로 발송되었는데?"

"네? 몇 개요?"

"열여덟 개."

"무슨 소리예요, 그게?"

"그러게."

자세한 상황을 알지 못하는 곽 PD는 뭔가 이상함을 느끼고 여기저기 전화를 돌려서 상황을 파악하려 했다.

그리고 얼마 지나지 않아 그 이유를 알아낼 수 있었다.

이미 엔터 업계가 그 사건으로 발칵 뒤집어져 있었던 것이다.

"야! 비상, 비상!"

밖에서 술 한잔하면서 정보를 얻으러 갔던 곽 PD가 미친 듯이 달려와서 다른 사람들을 불렀다.

"어쩐 일이세요? 오늘 술 드시고 바로 퇴근하신다면서요?"

"야, 업계가 난리 났어."

"무슨 일인데요?"

"연예인관리협회 산하에 있던 애들 싹 다 빠졌단다."

"네?"

"그 산하에 있던 회사들, 싹 다 빠졌다고."

그 말에 AD는 기가 막혀서 되물을 수밖에 없었다.

"그 아래에 천 곳 가까이 있지 않았어요?"

"그랬지."

"그런데 다 빠졌다고요?"

"싹 빠져서 엔터테인먼트조합으로 넘어가고, 남은 곳이 열여덟 개란다."

그 말에 AD는 오늘 아침에 본 공문이 생각났다. 연예인관리협회 산하 열여덟 개 엔터테인먼트라고 왔던 공문.

AD는 이 바닥 사람답게 상황을 빠르게 알아차렸다.

"그러면 사실상 이사진 빼고는 다 빠진 거네요?"

"거의 그렇지."

"아니, 우리가 모르는 사이에 뭔 일이 있었던 거래요?"

"나는 모르지. 그런데 확실한 건, 연예인관리협회는 이제 나가리라는 거야."

고작 열여덟 개. 그것도 큰 영향력을 발휘할 수 있는 대형 회사도 아니고 고만고만한 수준의 회사뿐이다.

심지어 그들은 네트웍플러스와 소송전까지 하고 있는 상황.

당연히 소속 연예인들은 당장이라도 이탈하고 싶어 할 테니 이제 그들에게는 미래가 없다고 봐도 무방하다.

"야, 아까 소안을 게스트로 부르려고 했댔지?"

"네."

"불러."

"지금요? 밤 10시인데요?"

"어차피 매니저들은 스물네 시간 대기야. 불러."

"네."

AD는 다급하게 전화를 들었고, 그렇게 연예인관리협회의 발악은 무너져 갔다.

"아니, 왜 굳이 내용증명을 보낸 거야?"

　　방송에서 웃고 있는 소안을 보면서 서세영은 이해가 되지 않는다는 듯 물었다.

　　"뭘? 아, 저거?"

　　"응. 그냥 놔둬도 연예인관리협회는 알아서 몰락하잖아."

　　노형진은 고개를 끄덕거렸다.

　　"그랬겠지. 하지만 엄청 천천히 몰락할 거야. 그리고 완벽하게 몰락하지도 않을 테고."

　　"응? 왜?"

　　"인맥이 갑자기 사라지는 것도 아니고, 조직이라는 게 갑자기 힘이 사라지는 경우는 무척이나 드물거든."

　　물론 힘이 빠져서 점점 조직이 축소되기는 할 거다.

　　하지만 시간이 오래 걸릴 테고, 그 과정에서 방송국은 소안을 비롯한 피해자들을 부르는 걸 꺼릴 거다.

　　"그럴 때 가장 좋은 방법은 아예 파워가 어디로 넘어왔는지를 보여 주는 거지."

　　"아하!"

　　확실하게 파워가 넘어왔다. 그리고 이쪽은 저쪽을 적대한다.

　　그렇게 어필해 버리면, 제3자는 어쩔 수 없이 이쪽에 붙어야 한다.

"파워 게임을 이용해서 아예 주저앉혀 버린 거구나."

"그래."

한꺼번에 왕창 빠진, 그래서 이제는 고작 열여덟 곳밖에 남지 않은 연예인관리협회와, 수백 곳이 추가로 가입해서 강력한 힘을 자랑하게 된 엔터테인먼트조합.

그 싸움의 결과는 사실 뻔했다.

"아마 연예인관리협회의 결정만 막았다면 소안은 이렇게 활동 못 했을 거야."

전화 한 통으로 그냥 끝날 문제니까.

"하지만 싸움이 끝나고 누가 힘을 쥐고 있는지 보여 주면 상황은 달라지지."

싸움에서 어느 한쪽은 꼭 편을 들어 줘야 한다면, 그때 어필할 수 있는 가장 좋은 방법이 뭘까?

"소안을 부르는 거네."

"맞아."

나는 당신들 편입니다, 그걸 어필할 수 있는 가장 좋은 방법이 바로 소안을 출연시키는 거다. 그런 상황에서는 연예인관리협회나 이상조, 백기악이 백번 천번 전화해 봐야 소용없다.

"가장 빠르고 확실하게 승패를 결정하는 방법이지."

"그리고 우리는 이겼고."

"그래, 이겼지."

노형진은 화면 속의 소안을 보면서 싱긋 웃었다.

애들 싸움은 어른 싸움

    사건을 하다 보면 진짜로 위험한 사건이라는 게 있기 마련이다.

    물론 어지간해서는 노형진에게 위험한 사건이라는 건 없다.

    하지만 그렇기에 간혹가다 맡게 되는 위험한 사건은 목숨을 걸어야 할 정도가 되기도 한다.

    특히나 정치적인 사건의 경우는 더더욱 그렇다.

    아니, 차라리 정치적인 사건이라면 그냥 정치적 판단에 맡기면 그만이다.

    하지만 정치적인 사건은 아니지만 정치적 파급력이 엄청나다면 그 타격이 심각함을 넘어서 목숨이 위험해지기도 한다.

    "이게 사실입니까?"

노형진은 자신에게 배당된 사건을 보면서 입술을 깨물었다.

그럴 수밖에 없었다.

이번 사건은 심각함을 넘어서 대한민국의 정치 판도를 뒤집어엎을 정도니까.

"그래. 그 때문에 경찰도, 검찰도, 법원도, 언론도 쉬쉬하고 있지. 그들은 강용안이 대통령이 되는 걸 원하니 어떻게 해서든 은폐할 걸세."

"그렇다고 피해자를 말려 죽이려고 작정했다고요?"

"내가 뭘 걱정하는지 알지?"

김성식은 아주 굳은 얼굴로 말했다.

"만일 강용안이 대통령이 되면 피해자는 100% 죽을 거야. 그간의 강용안의 방식으로 미루어 보면 국정원이든 군대든 뭔 짓을 해서라도 보복을 할 테니까."

"자식을 위해서라도 어떻게든 죽여야겠지요. 그리고 대통령의 권력이라면 그걸 하고도 남을 테고요."

"그래. 그러니 어떤 언론사도 이걸 보도하지 않고 있고."

"증거는요?"

"그게 문제야. 사고로 모든 게 다 사라졌다고 하더군."

"사고로? 하, 어이가 없네요. 그 말 믿으세요?"

김성식은 그 말에 고개를 흔들었다.

"그럴 리가. 내가 바보도 아니고. 뻔하지. 대통령이 누가 되느냐에 따라 그 증거가 튀어나올지 여부가 갈라질 걸세."

강용안.

자유신민당의 현재 대통령 후보다.

한창 선거운동 중인 현 상황에서 강용안은 2위를 기록하고 있다.

그리고 그를 기준으로 송정한이 아슬아슬한 차이로 1위, 안주원이 3위다.

"뭐, 인터넷에서는 어차피 대통령은 송정한이라고 이야기하지만 정말로 그렇게 될지는 알 수가 없으니까."

실제로 인터넷에서 인기를 끌었지만 선거에 진 경우도 많았기에 방심할 수가 없었다.

"중요한 건 강용안이 아슬아슬하게 2위라는 걸세."

본격적으로 선거운동에 들어가기 직전 여론조사에서 아슬아슬한 2위.

"당연한 거죠."

송정한이 한때 민주수호당 소속이었던 만큼, 우리국민당을 창당한 뒤에도 여전히 그를 지지하고 따르는 사람들 중에는 민주수호당 출신이 무척이나 많다.

그리고 그에 비해 자유신민당 지지 세력은 적었다.

그렇다 보니 자유신민당에는 여전히 굳건한 지지 세력이 존재하는 반면, 우리국민당과 나눠 먹은 게 많은 민주수호당은 지지 세력이 줄어들어 이 정도 등수를 기록하는 게 자연스러운 일이었다.

"정치야 뭐 알 바 아니죠."

"그렇기는 하지."

노형진은 송정한을 지지하지만 그가 개입하면 부정 개입이 될 가능성이 있기에 선거운동에서 빠져 버렸다.

하지만 그것과 범죄는 전혀 별개의 이야기다.

"강용안의 아들이 학교 폭력 가해자라니."

강용안에게는 아들이 있다.

학교 폭력 가해자라 현재 학교에서 처벌까지 받았다.

그런데 여기서 문제가 생긴다.

"아주 치밀하게 모든 기록을 삭제했네요."

경찰 기록부터 학교 기록까지, 모든 게 삭제되었다.

물론 경찰 기록을 마음대로 삭제할 수는 없다.

하지만 경찰에 남아 있는 수사 기록을 보면 심각하다 못해 어이가 없었다.

"피해자는 아파트에서 투신했고 그 결과 장애까지 남았는데 말이죠."

목숨은 건졌지만 결국 피해자는 반신불수가 되었다.

그리고 그 가족들의 증언에 따르면 강용안의 아들인 강시탄의 범죄행위는 학생을 훌쩍 넘는 수준이었다.

"폭행에 협박에 갈취에 심지어 강간까지."

이 정도면 실형이 나와도 이상할 게 전혀 없다.

아무리 미성년자였다 해도 이 정도면 최소한 소년원은 가야 한다.

"그런데 죄다 인정되지 않고 고작 4호 처분이라니. 허."

4호 처분. 그러니까 보호관찰관의 단기 보호 관찰 명령.

말이 처벌이지 사실상 정해진 시간에 보호관찰관에게 전화만 하면 끝인 일이다.

"이런 상황이라면 보호관찰이 제대로 이뤄질 리가 없죠."

강용안이 힘을 가진 국회의원이고 그가 나서서 사건을 덮었는데 전화를 통해 보호관찰을 한다고?

보나 마나 보호관찰관이 100% 가라로 써 줬을 가능성이 크다.

"가장 큰 문제는 학교에서도 기록이 삭제되었다는 거죠."

만일 형사처벌을 받았다면 학교의 생활기록부에는 학교 폭력 사범에 대한 모든 자료가 남아 있어야 한다.

법적으로 그 보관 기간은 졸업하고 2년이다.

그런데 강시탄은 학교 폭력 사실도, 심지어 형사처벌 기록도 모조리 삭제된 덕에 한국대 철학과에 당당하게 합격해서 잘만 다니고 있다.

"강용안 이 사람도 반성이라고는 없네요."

피해자는 너무 억울해서 강용안과 강시탄에게 민사소송을 걸었다.

그러나 강용안은 물론 강시탄 역시 법원에 나온 적도 없다.

그런데 웃긴 건 명백하게 학교 폭력이라는 이유로 인해 피해자가 투신했고 그로 인해 반신불수가 되었는데, 판사는 그 투신이 개인적 문제로 인한 거라 판결하고는 손해배상금으로 고작 500만 원만 인정했다는 거다.

그리고 그 결과를 받아들이지 못한 피해자들이 2심에 들어가면서 새론으로 변호사를 바꾼 것.

기존 변호사들이 강용안이 대통령 후보가 되자 하나같이 이 소송 못 한다면서 그만뒀기 때문이다.

그럴 만도 하다.

만에 하나라도 강용안이 대통령이 된다면 피해자의 변호인을 살려 둘 리 없으니까.

"이걸 공개할까요?"

"공개한다고 해도 언론에서는 절대 말하지 않을 거야."

"코리아 타임라인에서는 이야기하겠죠."

"하지만 그것만으로는 부족하지."

확실히 코리아 타임라인이라면 이 사건을 감추지 않을 거다.

하지만 다른 곳에서 이 뉴스를 받아 퍼트릴 가능성이 없다는 게 문제다.

"현재 언론은 강용안을 대통령으로 만들기 위해 대동단결하고 있는 상황이니까요."

"선거에서 이기기 위해 여론 조작을 하고 있다는 식으로 움직이겠지."

"그게 가장 큰 문제군요."

피해자의 가족들은 여전히 고통받고 있다.

"이걸 공개하면 아마 강용안의 지지 세력은 피해자 가족들을 말려 죽이려고 달려들 거야."

분명 그럴 거다.

설사 강용안이 대통령이 되지 않는다 해도 주변의 강용안 지지 세력과 자유신민당 지지 세력이 피해자와 그의 가족들에게 무슨 짓을 할지는 너무나 뻔한 일.

"하지만 그렇다고 그냥 두고 보기에는 강용안이 너무 뻔뻔하네요."

직접 재판에 가지는 않았지만 강용안이 학교에서 피해자의 가족과 만난 적은 있다고 했다.

그런데 그때 강용안이 한 말이 어이가 없어서 말이 안 나오는 것이었다.

"살다 보면 애가 실수할 수도 있지, 당신 자식이 병신인 걸 왜 우리한테 따지느냐니."

애초에 동성 강간을 한 시점에서 인간으로서 선을 넘어도 한참 넘었는데 실수라니.

"문제는 관련된 증언을 해 줄 사람이 없다는 건데."

다른 사람도 아닌 대통령 후보의 자식의 학교 폭력을 증언해 줄 인간은 없을 거다.

물론 경찰의 수상한 수사나 너무나도 가벼운 처벌, 규정과 다르게 삭제된 학교 폭력 사실 등등 이상하게 여길 수 있는 것은 많다.

하지만 선거가 끝나기 전에 그것만으로 이슈를 끌어낼 수는 없을 거다.

기득권층이 절대로 공개하지 않을 테니까.

"선거에서 이기면 피해자 가족에게 보복이 들어갈 테고, 선거에서 그것 때문에 지면 그 때문에라도 피해자 가족에게 보복이 들어갈 테고."

그렇게 말하며 노형진은 눈을 찡그렸다.

사건을 가져온 김성식이 걱정스러운 얼굴로 물었다.

"어떻게 쉽게 갈 방법이 없겠나? 서로에게 부담되지 않게 말이야."

"방법이 없는 건 아닙니다."

"있다고?"

"네. 결국 민사소송을 한 이유는 돈 때문이니까요."

의사의 진단에 따르면 현재는 반신불수이지만 적절한 수술과 재활 치료를 한다면 뛰지는 못해도 걸을 수는 있게 될 거라고 했다.

문제는 그 비용이 어마어마하다는 것.

"어차피 형사처벌은 물 건너갔고."

피해자의 가족이 원하는 것도 이제 와서 정의를 구현하라는 게 아니다.

최소한 피해자를 치료할 비용은 내놔야 하는 거 아니냐는 거다.

"이건 아무래도 송정한 의원님이랑 이야기해 봐야 할 것 같네요."

노형진은 눈을 찡그리며 그렇게 말했다.

⚖️

"흠, 혹하기는 하는군."

노형진은 송정한을 찾아갔다.

선거가 코앞으로 닥쳐오자 송정한은 아주 정신없는 시간을 보내고 있었다.

아직 합법적인 선거 시기는 아니지만 여기저기 얼굴을 내비치면서 내부 단속을 해야 하는 시점이기에 쉴 틈이 없었다.

일전에 내부의 불만분자들을 잠재웠다지만 그건 어디까지나 잠재운 거지, 쳐 낸 게 아니기 때문이다.

"마음은 알고 있습니다만 저는 변호사로서 송 의원님이 이번 사태를 정치적으로 쓰는 것에 반대합니다."

"알고 있네. 자네라면 그러겠지. 그리고 내가 그걸 이용할 만큼 더럽게 싸울 이유도 없고."

송정한은 고개를 끄덕거리며 말했다.

물론 이걸 공개하면 강용안의 지지 세력이 좀 줄어들 거다.

하지만 동시에 피해자 가족들에 대한 공격이 시작될 거다.

"그렇게 되면 또다시 네거티브 전쟁이 되겠지."

현재 송정한은 최대한 정책 대결로 몰고 가기 위해 노력 중이다. 그래야 다음번에도 이렇게 흘러갈 테니까.

학교 폭력 문제를 정치의 수위로 끌어올려 네거티브전을 할 수야 있겠지만 그로 인한 사회적 폭력이 지독하다는 걸 알기에, 송정한 역시 노형진의 말대로 이걸 정치적 대결로 몰아갈 생각은 없었다.

"쉽게 이기는 걸 떠나서, 그건 아니지."

피해자 가족이 억울해서 정치적 싸움도 불사하겠다고 하면 몰라도, 아직은 그럴 시점이 아니었다.

"일단 이건 내 쪽 사람들에게도 비밀로 하지."

"그래 주세요."

주변 사람에게 말했다가 누군가 과잉 충성을 한답시고 상의도 없이 언론에 흘리거나 할 수 있기 때문이다.

"그런데 단순히 이걸 이야기해 주려고 나를 찾아온 건 아닐 테고. 원하는 게 있나?"

"협상을 해 주시죠."

"협상?"

"네. 누차 말씀드리지만 이건 일을 크게 만들어서는 안 됩니다."

노형진이나 송정한 그리고 새론은 일이 커진다 해도, 그래서 자유신민당과 강용안이 공격을 해 온다 해도 눈도 깜짝하지 않을 거다.

하지만 일반인의 경우, 그런 공격을 당하게 되면 대부분
버티지 못하고 자살한다.

하물며 피해자는 이미 학교 폭력에 지쳐 투신까지 했던 상황.

"하긴, 그 상황에서 국민들에게 공격받으면 무너지겠군."

"한국의 정치는 이미 종교화되었으니까요."

정치는 정치로 남아야 하지만 한국에서 정치는 종교다.

강용안과 강시탄이 나쁜 짓을 했고, 그래서 피해자가 발생
했다?

알 게 뭔가?

그들을 부정한 피해자들은 사탄이요 이단이다. 그러니 때
려죽여도 문제가 되지 않는다.

이게 정치판의 생리다.

"일반적인 상황이라면 자네가 크게 키우겠지만⋯⋯."

"그것도 상황에 따라 다르지요."

노형진에게 최우선은 송정한도, 새론도 아니다.

피해자가 최우선이다.

"그러니 우리 쪽에서 압박을 가하면 아마 저쪽에서도 적당
히 합의해 주지 않겠습니까?"

"내가 그 건에 대해 입을 다문다는 조건을 걸면 말이지."

"네, 맞습니다."

노형진의 계획은 간단했다.

이걸 조용하게 처리하자.

이슈화되어 봤자 선거에서 불리해지는 건 강용안뿐이니까.

"제가 직접 찾아가도 되기는 하지만요."

"확실히 네거티브 전략으로 가려 한다면 내가 더 강하게 나갈 수 있지."

노형진이 공개하는 것보다는 현재 1위인 송정한이 공개한 다고 압박하는 게 강용안에게는 더 강한 부담으로 다가올 테 니까.

"일단 손해배상을 받으면 사건은 정리될 겁니다."

노형진은 그러기를 바랐다.

"일단이라……. 자네는 좀 부정적으로 보는가 보군?"

"최선을 다해서 노력하고 있기는 하지만."

노형진은 쓰게 웃었다.

"상대가 생각하는 최선이 제 생각과 다른 경우가 무척이나 많더군요."

"뭐?"

강용안은 생각지도 못한 보고에 정신이 번쩍 들었다.

"그게 뭔 소리야? 내 아들을 송정한 그 새끼가 왜 걸고 넘 어져!"

"그게……."

"이 새끼야! 똑바로 말 안 해!"

그렇잖아도 송정한에게 근소하게 밀리고 있기 때문에 강용안은 입술이 바짝바짝 마르는 느낌이었다.

만일 송정한이 이기면 자신은 끝이니까.

물론 그가 정상적으로 정치를 했다면, 그래서 사회적으로 물의를 일으킨 적이 없다면 멀쩡하겠지만, 그는 결코 그런 타입이 아니기에 누구보다 송정한이 두려웠다.

송정한의 개혁을 막지 못하면 그는 권력을 잃는 것을 넘어서 남은 인생을 감옥에서 보내야 하기 때문이다.

"송정한 의원 측에서 은밀하게 사람을 보냈습니다."

"그게 내 아들 문제라고?"

"네. 적당하게 합의를 권한다고."

"합의?"

"네."

"허?"

자신의 아들이 무슨 짓을 했는지는 안다.

사실 강시탄이 동성 강간까지 했다는 것도 안다.

하지만 알 게 뭔가?

중요한 건 그런 개돼지들이 아니라 자신이다. 그런데 감히 자신에게 합의를 권했다고?

"그게 대체 뭔 소리야?"

"네거티브 전략은 쓰기 싫으니 제대로 정책 대결을 하자고 합니다."

"뭐?"

"그러니까 그냥 합의하시고 피해자들의 피해를 복구해 주신다면 네거티브는 하지 않겠답니다."

"……."

그 말에 강용안은 아무런 말도 할 수가 없었다.

왜냐하면 자신들의 주 전력이 바로 네거티브니까.

사실 한국의 정치판이 네거티브화된 지는 오래됐다.

애초에 한국은 단 한 번도 네거티브 말고 다른 정책 대결을 펼친 적이 없었다.

할 줄 아는 것도 네거티브뿐이었고, 불리한 상황에서는 네거티브 말고 달리 할 수 있는 것도 없었다.

당장 자신들의 진영에 있는 사람들은 소위 정치꾼이라고 불리는 네거티브 전문가들뿐이다.

그에 반해 송정한은 경제 전문가, 외교 전문가 등등 다양한 분야의 전문가들을 이미 오래전에 포섭해서 그에 걸맞은 공부를 하고 전략을 세운 상황.

이 상황에서 네거티브전을 하지 말고 그냥 정책 대결을 하자는 건 강용안에게는 나가 죽으라는 소리나 마찬가지였다.

강용안이 인상을 쓰며 말했다.

"절대로 그럴 수는 없어."

"네?"

"절대로 그럴 수는 없다고! 우리가 네거티브를 안 하면? 이길 수 있나?"

"……."

물론 때려죽여도 지지하는 사람들은 무조건 강용안을 찍어 주겠지만, 그게 아니라 정책 싸움으로 대결한다면 자신은 이길 수가 없다.

애초에 이번 선거에 개입하지 않았다 해도 송정한의 뒤에 마이스터가 있다는 건 알 만한 사람은 다 아는 사실이니, 자신이 대통령이 되면 마이스터와 한국이 서로 불편해질 거라는 건 누가 봐도 뻔한 상황이다.

그래도 한국을 망하게 만들겠다고 덤비지는 않겠지만, 또 옛날처럼 도와주지는 않을 가능성 역시 무시 못 한다.

그러나 정책 대결로 가게 되면 당장 밀리는 건 자신이다.

그랬기에 네거티브는 절대로 포기할 수 없었다.

"망할 새끼가!"

결국 강용안의 분노가 폭발했다.

"이 개 같은 새끼가! 감히 누구한테 협박질이야, 협박질이!"

"그…… 협박은…… 아닌데…….."

"뭐, 이 새끼야!"

부하의 말에 강용안은 눈깔이 뒤집어졌다.

그러자 부하는 찔끔할 수밖에 없었다.

'진짜로 협박은 아닌데.'

이미 정식으로 들어온 의견을 전달했다.

물론 협박이라고 생각할 부분이 없지는 않다.

하지만 송정한 측은 최대한 정당하게 싸우자고 이야기했다. 다만 피해자에게 줄 돈은 주라는 것뿐.

"씨팔! 그 개돼지 새끼들한테 줄 돈이 어디 있어!"

선거를 하기 위해서는 돈이 많이 들어간다. 그것도 한두 푼 들어가는 게 아니다.

선거비용은 정부에서 보전해 준다지만 그것 말고도 정당의 돈도 들어가야 하고 자비도 들어가야 한다.

그런데 그런 상황에서 그놈들에게 돈을 주라니.

말도 안 된다.

의사의 말대로라면 그 재활 치료와 손해배상을 다 합쳐서 못해도 3억 이상을 줘야 하는데, 어디 근본도 없는 개돼지들에게 그 아까운 돈을 준단 말인가?

"의원님."

"후보님이라고, 이 개쌍놈의 새끼야!"

"아, 네…… . 그…… 후보님, 지금 중요한 건 그쪽 입을 막는 거니 그들이 요구하는 걸 들어주시죠."

부하 입장에서는 당연히 그렇게 말할 수밖에 없었다.

자세한 내용은 알 수 없어서 그냥 손해배상 관련 이야기를 한 것뿐이었고, 현실적으로 그 금액이 얼마인지도 알지 못하니까.

"안 돼!"

하지만 강용안은 그럴 수가 없었다.

대통령이 되면 덮어야 하는 것 중 하나가 그 사건이다. 그
런데 지금 돈을 준다?

일단 선거비용도 부족하고, 결정적으로 자신이 돈을 주면
송정한이 입을 닥칠 거라는 보증도 없다.

"씨팔. 송정한 그 새끼가 내가 돈 주고 합의하면 입 다물
새끼 같아?"

정치판에는 믿음이라는 게 없다.

하물며 상대방의 약점을 알고 있는데 그걸 이용하지 않는다?

그건 병신일 뿐이다.

그렇게 살아온 강용안에게 있어서 송정한의 제안은 절대
로 믿을 수 없는 것이었다.

"절대로, 무슨 일이 있어도, 안 돼."

"그러면 어떻게 할까요?"

"그 연놈들이 어디 다니는지 알아?"

"네?"

"그 회사에 전화해서 한마디 해."

강용안은 이미 눈이 돌아가 있었다.

그의 머릿속에는 단 한 가지, 대통령이 되어서 모든 범죄
를 감춰야 한다는 생각뿐이었다.

"그 새끼들 조지고 나면 문제없겠지. 그 연놈들 조지고 그 새끼 고소해서 무조건 엮어! 뭐라고 하면, 유리한 포지션을 얻으려고 허위 사실을 유포하는 걸로 고소해 버려!"

"아, 그러면 그 피해자들을 학교 폭력으로……."

그 순간 '짝!' 소리와 함께 부하의 얼굴이 돌아갔다.

"그 새끼들이 왜 피해자야! 내가 피해자야!"

"아…… 알겠습니다. 그 새끼들 다 조져 버리겠습니다."

"절대로 입도 뻥긋 못 하게 해. 설사 입을 뻥긋한다고 해도 절대 타격 없도록 그 새끼들을 후레자식으로 만들란 말이야! 무슨 소리인지 알아들어?"

"네, 알겠습니다."

부하는 고개를 끄덕인 뒤 다급하게 사무실에서 나갔다.

홀로 남은 강용안은 이를 빠드득 갈았다.

"이 개 같은 새끼. 내가 그냥은 안 당한다."

이미 호랑이 등에 올라탄 상황.

강용안은 그저 죽자 사자 매달리는 수밖에 없었다.

⚖️

"고소요?"

노형진은 송정한의 말에 눈을 찡그렸다.

"그래. 허위 사실 유포로 인한 손해배상을 청구했네. 형사

소송도 진행되고 있는 모양이고."

"허, 그러니까 피해자들을 대상으로 소송하기 시작했다 이거군요."

"그래. 그런데 이게 하루 이틀 문제가 아니지 않나?"

송정한은 치가 떨린다는 듯 말했다.

"그렇기는 하죠. 이제 학교 폭력은 과거랑 다른 양상을 보이니까."

과거의 학교 폭력은 사회적으로 방치된 질 나쁜 학생들이 학교라는 조직 내부에서 폭력을 행사하고, 그 후에 학교가 학교의 명예라는 핑계하에 폭행을 한 학생을 감싸는 형태로 흘러갔다.

"하지만 지금은 아니지."

"네, 언제부턴가 학교 폭력은 권력자들의 갑질이 되어 버렸죠."

최근에는 권력도, 힘도 없는 애들이 학교 폭력을 저지르면 가차 없이 전학을 시키거나 퇴학을 결정하기도 한다.

사회적으로 경각심이 강해졌고, 학교 폭력이 얼마나 큰 범죄인지도 알려졌기 때문이다.

"하지만 이제는, 에휴~."

그 대신에 시스템화되어 버린 학교 처벌의 영역에 법과 조직이 들어가면서, 요즘 학교 폭력은 권력을 가진 학생들이 자신들의 권력을 확인하고 계급화된 사회에서 하위 계급으로 인식된 학생을 괴롭히는 법을 익히는 과정으로 활용된다.

"실제로 변호사들이 끼어들어서 모조리 뒤집어 버리고 있으니."

피해자를 보호해야 할 변호사나 사법 시스템은 권력자들과 권력자들의 자녀를 보호하기 위해 혈안이 되어 있고 그 과정에서 수많은 방법을 쓰는데, 그중 하나가 바로 이번처럼 피해자를 고소하는 거다.

증거가 있다면 사실 적시에 의한 명예훼손으로, 그리고 증거가 없다면 허위 사실에 의한 명예훼손으로 피해자를 고소하여 말려 죽이려고 한다.

"제가 이걸 막고 싶었는데 말이죠."

문제는 이게 단순히 학생의 문제가 아니라는 거다.

학생의 문제가 학교 내부의 학교폭력위원회의 힘으로 커버된다면 괜찮다.

그런데 변호사와 판사 그리고 경찰과 검찰까지 총동원해서 덮으려 하니 이야기가 달라지는 것이다.

"그나마 사건을 덮으려고만 하면 다행이지."

한국에서 저질러진 학교 폭력 중 3분의 1은 결국 소송을 통해서 처벌이 취소된다.

그런데 그 소송이 확정되는 시점이 가해자 마음대로라는 게 문제다.

재판이 얼마나 걸릴지도 알 수 없고, 3심까지 가면 소송이 확정될 때까지는 학교 처벌이 확정되지도 않는다.

문제는 그럴 경우 학교 폭력을 저지른 시점이 어린 시절이라 해도 당당하게 명문 대학에 들어갈 수 있다는 거다.

특수한 사건이 아닌 경우 3심까지 가는 데 일반적으로 5년이 걸리고, 변호사가 작심하고 덤비면 6~7년도 끌 수 있기 때문이다.

그러니 그사이 피해자가 정신적 충격을 견디지 못해 삶이 망가지거나 자살을 한다 해도, 가해자는 좋은 학교에서 자신의 권력을 휘두르면서 즐거운 캠퍼스 라이프를 즐길 수 있게 된다.

"실제로 한국에서 벌어지는 학교 폭력의 절반 이상이 소송에 들어가죠?"

"그렇지."

그리고 3분의 1은 대학 입시 이후까지 시간을 끌면서 대학 입시에 어떠한 피해도 입히지 못한다.

애초에 생활기록부에 학교 폭력을 기입하는 가장 큰 이유는 미래에 대한 압박감으로 학교 폭력을 방지하려는 목적이었다.

"결국 탁상공론이었다는 소리네요."

"그러니까 세상에서 가장 병신 같은 부모가 학교폭력위원회에 들어가는 부모라는 소리가 나오는 거 아니겠나."

학교폭력위원회에서 뭘 하든 결국 재판에서 무효화되거나

정지될 테니 가해자는 떵떵거리면서 살게 된다.

심지어 학폭위 처벌로 재판 중인 놈이 피해자를 강제로 끌고 가서 구타해도, 학폭위는 재판 중이라는 이유로 아무것도 못 한다.

왜냐하면 결국 다시 재판으로 넘어가 버릴 테니까.

강제 전학이 결정되었고 소송 중인데 다시 전학을 결정해 봐야 바뀌는 건 없다.

그러다 보니 결국 학교라는 조직 내에서 변하는 건 하나도 없는 것이다.

"더 큰 문제는 이런 일이 가능한 부모를 두고 있다는 것 자체가 사회적으로 엄청난 권력이라는 거지."

"그렇죠."

권력형 학교 폭력을 저지르는 경우 학교의 행동은?

당연하게도 권력자에 대한 절대적 충성이다.

가해자를 위해 증거를 조작하고 증인을 조작하고, 어떤 경우에는 피해자를 대상으로 학교폭력위원회를 열기도 한다.

실제로 학교 폭력을 당했다고 외부에 누설했다는 이유로 학교폭력위원회가 열렸고, 학교 폭력 피해자에 대한 강제 전학 결정이 내려진 적도 있다.

심지어 가해자가 그 피해자에게 손해배상까지 걸어서, 황당하게도 학교 폭력의 피해자가 가해자에게 돈을 배상해야 하는 일이 벌어진 적도 있다.

"저쪽에서는 일단 소송을 통해 입 닥치게 하려는 모양이군요."

"이걸 어떻게 할 생각인가? 여전히 조용히 넘어갈 생각인가?"

"네."

노형진은 고개를 끄덕거렸다.

"사실 이걸 이용하려면 너무 쉽게 이용할 수 있죠."

그러나 그 이후에 피해자들은 친강용안파 그리고 친자유신민당파 놈들에게 공격당할 거다.

"그렇다고 송정한 의원님이 도와주실 수도 없지 않습니까?"

"그렇지."

송정한이 피해자들에게 개인적으로 도움을 주는 순간 사람들이 보기에 이 사건은 진짜 정치적으로 사용한 셈이 되니, 더더욱 집중 공격당할 거다.

"그러니 이 사건은 조용히 넘어가야 합니다."

"복잡하군."

송정한은 걱정스럽게 말했다.

노형진이 잘하는 건 대중에게 이슈화함으로써 상대방을 컨트롤하는 것인데, 이건 구조적으로 피해자를 지키기 위해 사건을 덮을 수밖에 없으니까.

"하는 수 없죠. 일단 사건을 처음부터 봐야겠네요."

노형진은 눈을 찡그리며 말했다.

"후회하게 해 줘야죠."

조용하게 넘어간다고 해서 과연 노형진이 복수를 포기할까?

아니다. 도리어 강용안이 멍청한 짓을 한 거였다.

정당하게 싸울 수 있는 기회를, 그리고 다시 한번 자신의 삶을 살 수 있는 기회를 스스로 걷어찬 거니까.

"두 번 기회는 사치죠."

노형진은 그렇게 강용안과 강시탄의 미래를 결정지었다.

강시탄. 현재 한국대학교 철학과 2학년.

3년 전 고등학교에서 학교 폭력으로 징계받았으나 모든 기록이 삭제되었다.

"웃기는군요."

노형진은 혀를 끌끌 차며 말했다.

"뭐가 말인가?"

사건이 사건인지라 노형진을 도와주기로 한 김성식이 고개를 갸웃하면서 물었다.

"현실 말입니다. 분명히 빼앗은 총액이 4천만 원이 넘는다고 하지 않았습니까?"

"그렇지."

"그런데 고작 30만 원이라니."

강시탄은 학교에서 일진을 이끌면서 학생들에게 무차별적으로 돈을 빼앗았고, 피해자의 증언에 따르면 그 돈이 4천만 원은 될 거라 했다. 그것도 1년에 말이다.

그런데 이 기록에 따르면 피해 금액은 고작 30만 원.

"거기다가 폭행은 한 적이 없다고 되어 있고."

노형진은 사건 기록을 보며 혀를 끌끌 찼다.

"폭행으로 엮으면 절대로 4호 처분이 나오지 않을 테니까."

"그랬겠죠."

노형진은 뺨을 긁적거렸다.

물론 4호 처분도 학교 폭력의 결과치고는 나름 처벌이 강한 축에 속한다.

하지만 증언대로라면 강시탄의 폭행은 단순한 주먹질 한두 방이 아니었다.

정해진 시간에 정해진 장소에서, 돈을 내지 않으면 미리 준비한 각목으로 구타했다는 것.

"거기다 증언에 따르면 선배에게까지 그 지랄을 했다는 건데. 싹수 참."

강시탄이 어느 순간 갑자기 이런 짓을 시작한 게 아니다. 고등학교 1학년 때부터 이 짓거리를 해 왔다.

실제로 그에 항의한 선배 몇 명은 도리어 선생님들에게 보복당하기까지 했다고.

"중학교 기록은 확인하지 못했지만 그것도 뻔하겠네요."

분명 관련 기록이 다 삭제되어 있을 거다.

"하긴. 더군다나 중학교는 좀 그렇지."

"그렇죠."

그나마 고등학교에서는 배울 거 다 배우고 머리도 커서 나름 준성인 취급을 받지만, 중학교에서는 진짜로 대부분 학생이라고, 그리고 어린애라고 생각해서 심각하게 보지 않는다.

그래서 중학교에서는 학교 폭력이 발생해도 방치하는 경우가 많은데, 대부분의 가해자들은 오히려 그런 경험을 기반으로 자신의 권력을 키우거나 학교의 대응을 학습하며 학교 폭력을 자행한다.

"그나저나 이거 곤란하군. 설마 저쪽에서 터트리려는 건 아니겠지?"

"아닐 겁니다."

이 사건을 터트리면 불리해지는 건 저쪽이다.

아무리 철저하게 감추고 철저하게 조작했다 해도 학교 폭력이라는 것은 절대로 좋게 볼 수가 없는 일이니까.

"그들이 피해자 측을 고소한 이유는 간단합니다. 어떻게 해서든 피해자들의 입을 막을 생각이지요."

"하긴, 소시민들은 절대 국회의원에게 저항 못 하지."

하물며 현 대통령 후보에게 저항하라? 그건 미친 거다.

아마 대통령 후보가 될 거라는 걸 알았다면 민사소송도 절대 걸지 않았을 거다.

"아마 조금만 더 압박했다면 소시민은 알아서 포기하고 소를 취하했을 겁니다."

강용안이 노리는 것도 그것일 거다.

그렇게 되면 대통령이 되겠다는 그의 꿈을 막을 수 있는 건 송정한뿐이다.

분명 그는 그렇게 생각하고 있을 것이다.

"그러면 어떻게 할 생각인가?"

"가장 좋은 방법은…… 흠."

노형진은 한참을 고민했다.

'다른 변호사라면 그냥 있겠지.'

소가 취하되면 자신들도 손해 볼 일이 없으니까.

현 대통령 후보와 싸우기는 싫을 테니까 말이다.

'하지만 내가 그렇게 당할 수는 없지.'

아들의 범죄를 감추기 위해 이런 짓까지 하는 놈이 과연 대통령이 된 후에 피해자 가족을 그냥 둘까?

아니다. 자신의 확실한 약점인 걸 알았으니 국정원이든 뭐든 동원해서 어떻게 해서든 죽이려고 할 거다.

"터트리려고?"

김성식은 걱정스럽게 물었다. 이 상황에서는 터트리는 것 말고는 방법이 없어 보였으니까.

하지만 노형진은 고개를 흔들었다.

"의뢰인이 우선. 그건 언제나 마찬가지입니다."

물론 방법이 없다면 의뢰인을 위해 터트리려 할 거다.

"하지만 방법이 없는 건 아니죠."

"어떤 건데?"

"바로 강시탄입니다."

"뭐?"

"이 사건의 핵심은 강용안이 아니라 강시탄입니다."

노형진의 말에 김성식은 고개를 갸웃했다.

"애초에 이 사건을 덮은 건 강용안입니다. 강용안이 없었다면 강시탄의 인생은 박살 났겠지요. 자, 그러면 여기서 문제가 생깁니다. 분명 강시탄은 학교 폭력 사범입니다. 전과기록도 있지요. 그러나 그 기록은 생활기록부에서 삭제되어 버렸습니다."

"그런데?"

"한국대학교에서도 그 사실을 알까요?"

"응?"

"한국대학교가 그 사실을 알고도 받아들였을까요?"

"그랬을걸."

사실 그걸 한국대학교가 몰랐을 가능성은 높지 않다.

오히려 알면서도 받아 줬을 가능성이 훨씬 크다.

"제 말이 그겁니다."

노형진은 씩 하고 웃었다.

"그렇잖아도 얼마 전에 한국대학교는 성적 문제로 난리가 났었죠."

심지어 그 과정에서 자격이 없는 사람에게 뇌물을 받고 교

수 자격을 부여했다는 사실까지 발각되었다.

"한국의 미래가 궁금하면 한국대를 보게 하라. 그런데 그게 '권력형 범죄자의 미래가 궁금하면 한국대를 보게 하라.' 로 바뀌면 어떨까요?"

"아!"

김성식은 그 말에 바로 노형진이 뭘 노리는지 알아차렸다.

한국대학교에서는 절대로 자기들이 알았다는 걸 인정하지 못한다.

당연히 모르고 있었다고 주장할 텐데, 그렇게 되면 강시탄은 입시에서 학교를 속인 셈이 되니 학교에서는 정당하게 강시탄을 자를 수 있게 된다.

"안 자르면?"

"자네와 학교가 싸우게 되겠군."

"네."

그렇잖아도 지난번에 노형진과 싸워서 개박살 난 한국대다.

그런 상황에서 권력자를 위해 범죄 경력을 은폐했다는 사실은 한국대의 얼굴에 똥칠하는 것을 넘어서 그걸 핑계 삼아 공격당해도 할 말이 없게 되는 일이다.

"전 피해자를 보호하기 위해 터트리지 않는 거지, 강시탄을 위해 터트리지 않는 게 아닙니다."

노형진은 다시금 씩 하고 웃으며 말했다.

이원술은 손발이 바들바들 떨렸다.

농담이 아니라 진짜로 그랬다.

어설프게 들이받았더니 자신을 처발라 버린 노형진이 직접 그를 찾아왔으니까.

"오랜만입니다, 이원술 총장님."

노형진은 웃고 있었지만 이원술은 도무지 웃을 수가 없었다.

그럼에도 불구하고 이원술은 애써 입꼬리를 끌어 올렸다.

'죽겠네, 진짜.'

마치 사자 앞에 쭈그린 토끼처럼, 그는 할 수 있는 게 없었으니까.

"오랜만입니다, 노 변호사님. 여기에는 어쩐 일로……? 혹시 대룡에서 무슨 오해가 있었다면……."

"아, 대룡의 오해가 아니고요."

"아니라고요?"

"네. 제보가 있었습니다. 한국대학교에 부정 입학을 주선하는 세력이 있다는……."

"네? 아닙니다!"

이원술은 펄쩍 뛰었다.

그럴 수밖에 없었다.

한국대학교는 대한민국 최고의 대학교다.

물론 모든 학생들이 다 공정하게 들어온다고는 말할 수 없다.

애초에 공정할 수가 없다.

족집게 과외를 매일같이 받는 학생과 가난해서 학원도 제대로 다니지 못하는 학생이 어찌 공정하게 경쟁했다 할 수 있겠는가?

하지만 최소한 부정 입학이라는 건 절대로 있을 수가 없는 일이었다.

"오해입니다!"

"오해가 아닙니다. 증거도 있고 증인도 있습니다."

그 말에 이원술의 눈빛이 두려움에 떨렸다.

"아니, 누굽니까? 말도 안 되는 소리입니다."

"철학과 강시탄 학생입니다."

"누구요?"

"강시탄 말입니다. 철학과에 다니는 학생인데, 모르시지는 않을 텐데요?"

당연히 모를 리가 없다.

왜냐하면 그의 아버지가 자유신민당의 대통령 후보인 강용안이니까.

'이런 젠장.'

이원술은 최악의 폭탄이 터졌다고 생각했다.

아무리 정치권과 손잡고 싶어 하는 교수가 넘친다 해도 학교는 절대로 그래서는 안 된다.

'미친 새끼들.'

그렇잖아도 그들과 손잡을 뿐만 아니라 학교라는 이름으로 정치적 발언까지 해 대는 놈들이 있다는 건 알고 있었다.

그런데 대통령 후보 아들이 부정 입학이라니.

"뭔가 오해가……."

"오해가 아닙니다. 강시탄에게는 전과가 있습니다. 이 사실은 아십니까?"

"네? 전과요?"

"네. 학교 폭력 및 강간 사건입니다."

"……."

"그런데 현재 한국대 철학과에 다니더군요. 제가 알기로 그런 사회적 물의를 일으킨 학생이 한국대에 입학하는 건 불가능할 텐데요?"

"……."

"성적으로는 가능하겠죠. 하지만 최소한 면접 단계에서는 걸러져야 하는 거 아닙니까?"

"그게……."

확실히 그렇다.

만약 성적만으로 사람을 뽑았다면 한국대학교는 사이코패스 천지가 되었을지도 모른다.

물론 한 번도 본 적이 없는 학생의 인성을 교수가 짧은 면접만으로 모두 파악할 수는 없다.

그렇기에 범죄 전력은 학생의 인성을 판단하는 아주 중요한 요소였다.

"학교 폭력 가해자에 강간까지 한 사람이 철학과에 다니는 게 말이 된다고 생각합니까?"

"……."

'내가 모를 줄 알고?'

사실 한국에서 철학은 그다지 인기가 있는 전공이 아니다.

왜냐하면, 굶어 죽기 딱 좋으니까.

그럴듯한 소리만 대충 하면 밥이 나오고 쌀이 나오느냐고 빈정거리는 게 현재 철학과에 대한 외부적인 시선이다.

심지어 현재의 철학은 잘못된 걸 잘못되었다고 말하지 못하는 권력에 잠식된 상태.

그런데 어째서 철학과에 들어간 걸까?

'뻔하지. 타이틀이지.'

철학과는 학문의 특성상 객관적인 판단 기준이 없다.

물론 프로이트 같은 절대적 철학과 선구자들의 판단을 따라도 되지만, 그게 언제나 100% 맞다는 보장은 없다.

철학은 시대에 따라, 그리고 사상에 따라 달라지니까.

그렇다 보니 철학과 시험은 기계적으로 성적을 매기기가 참으로 애매하다.

'그건 권력이 있으면 성적을 따기 쉽다는 뜻이기도 하지.'

객관적인 기준이 있어서 그걸로 심사할 수 있다면 모를까,

면접 단계에서 어디서 주워 들은 개똥철학을 떠들면 그걸로 면접 점수를 높여도 전혀 이상하지 않은 게 바로 철학과의 작금의 현실이다.

그리고 가해자인 강시탄은 그런 식으로 한국대 타이틀을 따고 싶어서 철학과를 골랐을 가능성이 크다.

'적당히 철학과 졸업하고 그 후에 로스쿨에 갔다가 변호사 노릇 하겠다고 설레발치겠지.'

로스쿨이 어느 순간 권력자 자식들의 혈통 승계 방법이 된 걸 아는 노형진 입장에서는 너무나 빤히 보이는 속셈이라 당해 줄 생각이 전혀 없었다.

"진짜 오해입니다."

"오해요? 글쎄요. 피해자들은 그렇게 생각하지 않을 텐데요."

"네?"

"그렇지 않습니까? 강시탄이 그런 식으로 부정 입학을 했다면, 과연 부정 입학을 한 사람이 강시탄 한 사람뿐이겠습니까?"

"그건……."

그 말에 이원술은 지난 사건의 악몽이 떠올랐다.

뇌물의 대가로 자격도 되지 않는 교수 한 명을 받아들여 주는 바람에 한국대 교수들은 자신들을 증명해야 했고, 대중에게 자신이 쓴 논문과 업적에 대해 검증받아야 했다.

그 과정에서 자기 표절이 5건, 타 논문 표절이 12건 터져 나와 한국대의 얼굴이 똥 범벅이 되었다.

결국 그 사건으로 무려 세 명의 한국대 교수가 타의에 의해 그만둬야 했다.

그랬는데 이번에 이 사건까지 터지면.

"설마, 이번에도 제 말을 무시하실 겁니까?"

노형진은 아주 진지하게 말했다.

"이건 절대로 무시 못 할 텐데요. 대룡에 장학금을 끊으라고 할 수밖에 없습니다."

"네?"

"대룡에서 한국대에 장학금을 지급하는 이유는 미래의 한국을 이끌어 갈 인재를 위해서입니다. 한국의 강간범들을 위해서가 아니라요."

노형진은 나지막하게 압박을 가했다.

하지만 목소리는 낮을지언정 그 압력은 이원술이 숨을 쉬지 못할 정도였다.

"대룡은 법률 지원 시스템을 만들면서까지 국민들이 공정한 법률적 지원을 받기를 원하지요. 그런데, 흠…… 강간범을 도와주고자 한국대에서 조사도 거부한다면."

노형진은 거기까지 말하고 씩 웃었다.

"한국대의 가치가 과연 얼마나 될까요?"

한국대가 한국 최고의 대학임은 틀림없다.

하지만 그런 곳을 떨구는 게 과연 불가능할까?

"그러면 저희가 교수님들을 다 조사하는 수밖에 없는데."

실력 있는 석학에 대한 조사가 이루어지면 그들은 자존심 때문에라도 학교를 떠날 거다.

한국 최고? 그게 얼마나 갈까? 10년? 20년?

그리고 자신은 한국대를 박살 낸 총장으로 역사에 길이 남을 거다.

"하하하. 오해입니다, 오해. 저희가 그런 놈을 어떻게 학생으로 받겠습니까? 저희는 몰랐습니다. 진짜로요."

"강시탄 학생에 대해서는 아시고요?"

"모를 수가 없죠. 아버지가 강용안인데 말입니다."

"그러면 강시탄이 전과를 가지고 있다는 걸 몰랐다는 말이네요?"

"네, 처음 들었습니다."

물론 강시탄이 어떻게 들어왔는지 이원술은 모른다. 대통령 후보가 된 건 최근이니까 그 당시 입시 기록을 확인한 건 아니었으니까.

"흠, 그러면 강시탄이 입시 정보를 속였다는 건데…… 강시탄의 입학이 취소, 아니 무효가 되어야 하는 거 아닙니까?"

노형진의 말에 이원술은 떨떠름한 표정이 되었다.

"노 변호사님 말씀이 맞습니다. 만일 강시탄 학생이 자신의 범죄행위를 은닉하고 고지하지 않았다면 그건 부정행위가 맞겠지요."

대부분의 학교에서는 수능 점수만으로 사람을 뽑지 않는다. 지방대조차도 그런데 한국대 같은 명문대가 그렇게 뽑을 리가 없다.

　당연히 생활기록부를 요구하고 그걸 기준으로 인성적으로 올바르고 사회적으로 도움이 되는 사람을 우선시해서 뽑는다.

　같은 점수라면 강간범보다는 자원봉사 다니는 학생을 뽑는 게 당연한 일.

　그런데 한국 대학교는 그걸 몰랐다. 그건 이원술이 고의적으로 생활기록부를 조작하고 범죄를 은닉했다는 뜻이다.

　"그건 범죄입니다."

　단순히 불리한 말을 한 게 아니다. 명백하게 공문서 위조에 들어간다.

　"하지만 그게 아시지 않습니까? 그게 불합격의 원인이 될 수는 있지만 그걸 이유로 입학을 취소하거나 무효로 돌릴 수는 없습니다."

　정확하게 표현하자면 명백한 부정입학이 맞지만 그걸 죄로 확정해서 학생을 자르기 위해서는 별개의 형사 고발과 소송을 통해 그 범죄에 학생이 개입했거나 적극적으로 협조했거나 하다못해 그 사실을 알면서도 묵인했다는 증거를 찾아야 한다.

　즉, 부정하게 들어온 것과 그걸 알고 자르는 건 전혀 다른 법률적 과정을 거쳐야 한다는 소리다.

"하지만 강시탄 학생은……."

만일 강시탄이 그저 그런 집안의 학생이었다면 바로 고발이 들어가고 조사가 시작되었을 것이다.

한국 대학교 입장에서는 그걸 따지지 않을 이유가 없다.

문제는 강시탄이 그저 그런 집안의 자제도 아닐뿐더러 하필이면 지금이 대통령 선거기간에 그의 아버지인 강용안이 유력한 대통령 후보라는 거다.

"그거 고발해도 경찰에서 제대로 수사하지 않을 겁니다."

"그래서 고발을 안 하시겠다는 겁니까?"

노형진은 싱긋 웃으며 물었다. 그 모습을 본 이원술은 마른침을 한번 꿀꺽 삼켰다.

'안 된다고 하면…… 날 죽이겠지?'

사실 선택지는 없다. 자신이 강시탄에 대해 모른 건 사실이지만 과연 그 학과에서도 몰랐을까? 그럴 리가 없다.

경찰의 고발은 학교만 할 수 있는 게 아니다. 노형진도 할 수 있다. 그리고 지금 여기서 '못합니다.'라고 하면 이제 자신은 대놓고 정치인의 아들의 부정입학을 옹호해 준 놈이 된다.

지난번에는 욕만 먹고 끝이지만 이번에는 진짜 교도소에 갈 수도 있는 일이다. 더군다나 단순 학교 폭력도 아니고 강간을 실드 치는 총장을 연임시켜 줄 학교 따위는 없다.

"아닙니다. 그…… 당장 못 자른다는 것뿐입니다. 조사는 해야지요, 조사는. 하하하."

"네. 그러면 된 겁니다. 부정입학과 별개로 퇴학은 별도의 법률 과정이 필요하다는 걸 저도 압니다."

노형진은 고개를 끄덕거리며 말했다.

"하지만 그래도 공정하게 수사는 해야지요. 공! 정! 하! 게! 말입니다."

한 글자 한 글자에 힘을 줘 가면서 말하는 노형진의 모습에 이원술은 진땀을 흘리며 맞장구를 칠 수밖에 없었다.

"공정하게 하겠습니다. 하하하."

원하지도 않았는데 한국 정치의 한복판에 내던져진 이원술은 그저 울고 싶을 뿐이었다.

⚖

 ─강용안 의원의 아들 강시탄, 부정 입학 의혹

 ─강시탄, 경찰에 부정 입학으로 고발당해

 ─새론, 한국대학교에 대한 부정 입학 의혹. 주요 정보를 숨겨서 합격. 피해자를 발생했다고 주장해

 ─한국대학교, 강시탄 학생에 대한 대대적인 조사에 착수한다 밝혀. 다만 퇴학 또는 입학 무효 등의 처분은 모든 조사가 종결된 후에 결정 예정

"이런 개 같은!"

강용안은 눈깔이 뒤집어질 수밖에 없었다.

어떻게 해서든 자식을 위해 온갖 더러운 짓을 했다. 개돼지들이 뭐라 하든 자기들만 잘 살면 되니까.

그랬는데 갑자기 학교가 들고일어나다니!

"이 미친 새끼들! 그때는 다 알고 있으면서 이제 와서 뭔 지랄이야!"

"그게 문제입니다."

다 알고 있었지만 그걸 인정할 수는 없다.

아니, 인정해서도 안 된다. 강시탄의 범죄행위를 알면서도 합격시켰다는 것을 인정하는 순간 한국대는 명문이 아닌 범죄자 집단이 되니까.

"그래서 모른 척하는 겁니다."

"이런 개……."

그렇다고 이제 와서 강용안이 한국대에 항의할 수는 없다.

한국대에 '너희도 알고 있지 않았냐.'라고 하는 것 자체가 자기가 직접 강시탄의 범죄를 감췄다는 증거가 되기 때문이다.

"이거, 노형진 그 새끼 짓이지?"

"이원술 총장이 부정은 안 하더군요. 자기를 찾아왔답니다."

"이런……."

"그나마 최대한 시간을 끌면서 선거가 끝날 때까지 버텨보겠답니다."

"당연히 그래야지!"

만일 바로 결정한다? 그러면 그가 대통령이 된 후에 무슨 수를 동원해서라도 한국대를 박살 낼 심산이었다.

"언론에서는 뭐래?"

"우리 쪽과 사이가 안 좋은 일부 언론사들이 이 사실을 퍼트리고 있습니다."

"지지율은?"

"그게……."

"지지율!"

"근소하게 떨어졌습니다."

"얼마나?"

"5% 정도."

"큭."

5%는 절대로 낮은 수치가 아니다.

일반적으로 정치권에서 공정한 여론조사를 할 때 오차 범위를 3% 내외라고 생각한다.

상황에 따라 이번에는 진보 측이, 다음번에는 보수 측이 전화받을 가능성이 크기 때문이다.

그런데 5%라는 건 유의미하게 떨어졌다는 소리다.

근소하게 송정한에게 밀리고 있던 상황에서 이건 절대로 낮은 수치가 아니었다.

"일단 단기적으로 벌어진 일이고 우리가 어떻게 대응하느냐에 따라 달라질 일이기는 합니다만……."

물론 그게 아주 높은 하락률은 아니다. 자신들이 잘만 한다면 뒤집을 수 있는 수치다.

"언론에 우리 시탄이 범죄 기록은 드러난 거야?"

"그게, 자세하게는 아니더라도……."

최소한 4호 처분을 받았다는 사실은 드러나지 않을 수가 없다.

"빌어먹을."

강용안은 등골이 서늘했다.

노형진이라는 놈이 뭔 짓을 할지 알 수가 없었다.

"네거티브로 몰아갈 만한 거 없어? 뭐든 좋아. 덮을 걸 터트리란 말이야! 연예계에서 마약한 새끼를 터트리든, 아니면 강간한 새끼를 터트리든!"

"요 근래에는 그게 쉽지 않습니다."

부하 입장에서도 참 어려운 일이었다.

"전이라면 그게 가능했겠지만……."

노형진이 만든 엔터테인먼트조합, 그곳에 속한 놈들은 건드릴 수 없지만 최소한 조합에 속하지 않은 놈들을 이용할 수는 있었다.

하지만 얼마 전 결국 연예인관리협회조차도 노형진에게 굴복하면서 사실상 대룡과 노형진의 손아귀에 들어갔다.

"우리가 가진 자료가 없는 건 아니지만……."

그걸 터트리는 순간 이제 대룡과 노형진 휘하에 있는 연예인들이 하나같이 강용안에게 반기를 들 거다.

"그렇잖아도 지난번에 우리를 지지하는 연예인들에게 연락을 돌렸습니다만."

"뭐라는데?"

"뒤숭숭해서 지지 선언이 힘들다고 하더군요."

"이런 개 같은······."

선거철만 되면 일부 연예인들이 특정 세력을 지지하고 나선다.

그거야 개인적인 선택인 만큼 말릴 수는 없다.

하지만 노형진은 조합과 협회를 통해 진지하게 말했다.

'지지 선언을 하는 건 이해한다. 그리고 말리지도 않는다. 하지만 혹시나 그로 인해 불이익을 받게 되었을 때 조합이나 협회에 징징거리지 마라. 자신이 선택한 이상 그 책임도 자신이 져야 한다.'라고.

"뭐야, 블랙리스트에 올리겠다는 거야?"

"그건 아닙니다만······."

개인의 선택은 개인의 책임이다. 그 경고 한마디에 평소 쉽게 생각하고 지지 선언을 하던 상당수 연예인들이 조심스럽게 눈치를 살피기 시작했다는 것.

물론 과거에도 개인의 선택에까지 보호를 제공하지는 않았고, 미래에도 그게 정상일 거다.

다만 노형진이 이참에 그걸 공식화한 것뿐이다.

"아시겠지만 공식화한 것과 하지 않은 건 다르니까요. 거기다가 연관협이 힘이 빠져서……."

"젠장."

그러니 연예인 누구를 희생양 삼아 묻을 수가 없다.

애초에 어설픈 사건은 대통령 선거라는 이슈에 도리어 묻혀 버린다.

그리고 강시탄 문제는 대통령 선거의 아킬레스건이나 마찬가지.

"어떻게 해서든 사건 보도를 축소시켜. 그리고 시탄이더러 당분간 몸 사리라고 해."

강용안은 애써 그렇게 말하면서 입술을 깨물었다.

이런 게 부전자전

"순식간에 조용해지는군."

김성식은 어이가 없다는 듯 혀를 끌끌 찼다.

한국대와 관련된 강시탄의 사건 기사는 단 이틀 만에 싹 다 사라졌다.

코리아 타임라인에서 지속적으로 보도하고 있기는 하지만 그 외에는 모조리 사라졌다.

"반강용안 언론도 올리지 않는다는 건, 뻔하죠."

노형진은 어깨를 으쓱하며 말했다.

"검찰과 손잡고 캐비닛을 연다고 설레발쳤겠지요."

"하긴, 그랬겠지. 더군다나 송정한 의원은 언론 개혁을 원하는 입장이니까."

"그러니까요."

반강용안이라 해도 그들이 송정한 의원을 지지하는 건 아니다.

엄밀하게 말해서 그들이 지지하는 건 송정한이 아니라 안주원이다.

"하지만 어느 정도 흔들기는 했네요."

"그래도 여전히 반성은 하지 않는군."

"그러니까요."

만일 여기서 강용안이 합의하자고 했다면 노형진은 깔끔하게 합의하고 손해배상을 받아 낸 후 손을 털었을 거다.

하지만 강용안은 그러는 대신에 언론사를 압박해서 기사를 내리는 걸 선택했다.

"학교도 뭉그적거리고 있는 모양이고."

"당연한 거 아닙니까?"

이원술은 선거 전에는 절대로 결정을 내리지 않을 거다.

사실 선거까지 얼마 남지도 않았으니 그게 불가능한 것도 아니고.

즉, 강시탄의 운명도 결국은 제 아버지와 엮인 셈.

"일단 이번 건 압박의 수단으로는 효과가 있지만 그 이상은 기대할 수 없을 것 같은데 어찌 생각인가?"

"두 번째 작전으로 가야죠."

"두 번째 작전? 하지만 학교 폭력 사건은 이걸로 끝인데."

직접 터트리는 것 말고는 방법이 없어 보이는 상황이라 김성식은 고개를 갸웃할 수밖에 없었다.

하지만 노형진은 그렇게 생각하지 않았다.

"글쎄요. 추문이라는 게 과연 끝일까요?"

"끝이 아니라고?"

"강시탄 말입니다. 피해자의 주장에 따르면 동성 강간을 했단 말이죠."

"그랬지."

하지만 경찰은 혐의 없음으로 결론을 내렸다.

그 이유가 너무 터무니없는 게, 강시탄에게 여자 친구가 있다는 것이었다.

물론 보통 이성애자는 동성애를 좋아하지 않는 경우가 많다.

실제로 이성애자가 동성애로 빠지는 확률은 무척이나 낮다.

"하지만 말이죠, 이 세상에는 양성애자라는 존재가 있죠."

"양성애자라……. 그럼 자네는 강시탄이 양성애자라고 생각하는 건가?"

"그럴 가능성이 높다고 생각합니다."

"그거 위험한 발언이라는 거 알지?"

"그게 왜요?"

"요즘은 정치적 올바름이 대세 아닌가?"

김성식의 우려 섞인 말에 노형진은 코웃음을 쳤다.

"웃기지 말라고 하세요. 범죄에 남녀나 소수자가 어디 있습니까? 범죄자는 범죄자일 뿐입니다."

"그건 그런데……."

김성식은 입맛을 다셨다.

요즘 시대에는 영 조심해야 하는 건 사실이니까.

"중요한 건 그거죠. 강시탄은 피해자를 강간했습니다. 아무리 남학교가 폐쇄적인 곳이라 해도 결국은 학교일 뿐이거든요. 군대와는 다르죠."

"그게 상관있나?"

"상관있죠."

동성애적인 성향은 군대나 교도소에서 드러나는 경우가 많다. 실제로 군 내부에서 정치인의 아들이 후임에게 유사 성행위를 하도록 시킨 일도 있고, 교도소 내부에서도 동성 강간은 많이 벌어진다.

"그런데 학교는 그 두 곳과 다르죠."

폐쇄적이지 않다.

비록 정해진 시간 동안 정해진 장소에 있어야 하지만, 그 시간만 끝나면 자유롭게 풀려난다.

"피해자의 말에 따르면 강시탄은 학교에 남아서 공부하는 타입도 아니었다고 하고요."

학원도 다니지 않았다고 한다. 그러면서도 공부는 곧잘 했단다.

"아마 과외를 받았을 가능성이 큽니다."

"과외는 불법이 아니야."

"그건 압니다. 제가 말씀드리고자 하는 건 그게 아니라, 수업이 끝나면 자유롭다는 거죠."

노형진은 씩 웃으며 말했다.

"강시탄은 일단 학교 수업이 끝나면 어디든 갈 수 있습니다."

술을 마실 수도 있고 친구들과 놀러 다닐 수도 있고 질 나쁜 놈들과 어울릴 수도 있다.

"가만히 앉아서 모범생처럼 공부만 하고 있을 놈이 아니었다는 거죠."

"그랬겠지."

"그러면 그 친구들이 SNS를 할까요, 안 할까요?"

"아하! 그렇군."

어린아이들은 미래에 대해 잘 판단하지 못한다.

정확하게는 어떤 일의 파급력을 잘 재지 못한다. 사회적인 판단이 안 되기 때문이다.

"당장 강시탄도 마찬가지죠."

그는 아버지의 힘으로 사건을 덮었지만. 그로 인해 아버지가 대통령 선거에서 고전한다는 걸 알고도 그런 행동을 할 수 있을까?

그럴 리가 없다.

"더군다나 벌써 몇 년 전 일입니다."

보통 그런 경우 SNS에 올려 두고 본인이 까먹는 경우가 많다.

"하긴, 그건 그렇지."

실제로 연예인들 중에는 과거의 범죄 기록이 인터넷에서 사진으로 튀어나와서 매장당하는 경우도 많다.

"강용안이 똑똑하기는 하지만 강시탄의 친구들한테까지 신경 쓰지는 않을 겁니다."

노형진은 미소를 지으며 말했다.

"그리고 SNS의 친구 시스템은 아주 잘되어 있단 말이죠."

특히 노형진은 이미 강시탄의 여자 친구라는 사람의 이름과 얼굴을 안다.

소송에서 증인으로 나왔으니까.

그녀를 기점으로 그 친구들의 SNS를 털기 시작하면 과연 어떤 흔적이 나올까?

"강시탄이 문제가 되지 않은 건 국민들이 그의 존재를 몰랐기 때문입니다."

하지만 그가 알려진 이 순간 그의 과거가 드러난다면, 과연 어떤 일이 벌어질까?

"멍청하면 그 대가를 치러야죠, 후후후."

⚖️

노형진은 바로 강시탄의 주변 인물들의 SNS 탐방에 들어갔다.

오랜 기록을 다 확인하는 게 쉬운 일은 아니었지만 그래도 못 할 정도는 아니었다.

그리고 얼마 지나지 않아 SNS에서 원하던 정보를 찾아낼 수 있었다.

—우리 조직의 우정은 영원히.

"우정은 영원히라. 지랄하고 자빠졌네."

친구들과 찍은 걸로 보이는 사진.

진짜 우정을 과시하려는 듯 서로 어깨동무까지 하고 있었다.

"허, 이거 참. 이런 걸 인터넷에 올린다고?"

"전에 어떤 연예인이 그랬죠. '내가 어릴 적에는 은밀한 병신이었다면, 지금은 공개적으로 병신'이라고."

남자들이 어깨동무를 하고 사진을 찍은 게 문제가 아니다.

문제는 그 장소다.

누가 봐도 룸살롱. 거기다 그 뒤로 보이는, 술집 여자들의 모습.

테이블에는 비싸 보이는 양주가 한두 병 굴러다니는 게 아니었다.

"거기다가 강시탄은 강용안의 아들입니다."

권력자와 선이 닿아 있다는 것. 그건 어린 마음에 자기들이 좀 더 높은 위치에 있다고 착각할 만한 기분을 느끼게 해 주기에 충분했다.

"물론 사회에 나오면 현실을 깨닫지만요."

학교라는 조직 내에서는 '우정은 영원히!'라고 외치겠지만 사회에 나오는 순간 서로 남남이 되고 아예 연락이 끊어진다.

강시탄 같은 권력자는 도리어 엉겨 붙는다는 이유로 친구들을 잘라 낸다.

"하지만 이런 사진은 보통 삭제가 안 되죠."

자신의 찬란했던 시절을 증명하는 하나의 증거니까.

어쩌면 대통령의 아들이 될지도 모르는 사람과 우정을 나눴다는 가장 확실한 증거.

세상의 누구도 자신의 가장 찬란했던 시절의 증거를 지우려고는 하지 않는다.

"특히나 졸업 이후 시궁창으로 처박힌 놈들이라면 말이죠."

과거의 영광을 놓지 못한 채 그저 현실을 허덕거리고 살거다.

"하긴, 학교에서의 권력관계는 제법 심플하지."

학교는 지성을 기르는 공간이지만 권력관계는 오로지 힘을 따른다.

다만 그 힘이 폭력이냐 권력이냐의 차이만 있을 뿐이다.

그리고 대부분 그런 권력에 기생하는 놈들은 그다지 똑똑하지도, 진지하지도 않다.

당연히 미래에 대한 생각도 그다지 없다.

왜냐하면 진짜 미래에 대해 생각하는 머리 좋은 놈들은 상대방에게 아부하려는 게 아니라 상대방과 대등한 힘을 가져야 존중받는다는 걸 알기 때문이다.

"결국 이런 사진은 과거의 영광의 흔적이죠. 물론 강시탄 입장에서는 날벼락이겠지만요."

"하긴. 이거 언제쯤일까?"

"업로드 날짜를 봐서는 고등학교 2학년쯤 되겠네요."

"고 2에 룸살롱을 다녔다 이거지? 하하하, 어이가 없군."

김성식은 진심으로 어이가 없었다.

아무리 돈이 많다 해도 미성년자가 저런 술집을 찾아다닌다는 것 자체가 기가 막히는 일이었다.

애초에 저런 술집에서는 미성년자를 받아서는 안 된다.

몰랐다? 모를 수가 없다. 아무리 어른인 척해도 고작 고 2다. 어린 티가 나지 않을 리가 없다.

"안 봐도 뻔하죠."

노형진은 뺨을 긁적거렸다.

과연 술집에서는 단순히 저들이 돈이 돼서 받아 준 걸까?

그랬을 리가 없다.

그딴 식으로 영업하는 술집은 없다. 특히나 여자가 나오는 술집은 더 그렇다.

저런 술집의 가격은 한두 푼도 아니고 수백만 원이다.

그런데 손님이 술 처먹고 놀 거 다 놀더니 갑자기 '우리 미성년자인데 어쩔?' 해 버리면 대응책이 없다.

실제로 그런 경우가 무척이나 많기 때문에 술집에서는 아무리 눈앞에서 돈을 흔들어도 미성년자 손님은 받지 않는다.

그러면 남는 건 하나뿐이다.

"결국 아버지 믿고 저런 거죠."

아버지가 국회의원이니까. 아버지가 무서우니까 받아 줬을 가능성이 크다.

"더군다나 이걸 업로드한 날짜도 여러 개고요."

하긴, 갈취한 돈이 4천만 원이 넘었다고 하니 저런 곳에 가서 노는 것도 어려운 일은 아니었을 거다.

"한두 번 간 게 아니네?"

"네."

"이걸 공개할 생각인가?"

김성식이 사진을 보며 물었다.

하지만 노형진은 고개를 흔들었다.

"아니요. 그럴 생각 없습니다. 아직은요."

"어째서?"

"사람들이 이놈이 누군지 모르잖습니까?"

강시탄이라는 이름이야 알고 있겠지만 그게 누군지, 이 사진에 등장한 놈들이 누군지 알 리가 없다.

"공개해 봤자 관심이 없을 겁니다. 그러니까 함정을 파야지요."

"하지만 이 사진으로 무슨 함정을 판단 말인가?"

"간단하죠. 원래 인간은 보고 싶은 것만 보고 믿고 싶은 것만 믿으니까요."

노형진은 쿡쿡거리면서 웃었다.

⚖️

노형진이 가장 먼저 한 것은 그 사진을 공개하는 게 아니었다. 오히려 포샵을 통해 해당 사진에서 사람을 지웠다.

그러자 사진은 술집 내부 풍경을 찍은 것으로 변화했다.

노형진은 그렇게 수정된 사진을 복수재단을 통해 인터넷에 올렸다.

노형진이 그런 짓을 한 것은 당연히 강시탄을 지켜 주기 위해서가 아니었다. 다른 방식으로 그를 특정하기 위해서였다.

얼마 지나지 않아 인터넷에 술집 내부의 사진과 더불어 흥미로운 글이 돌아다니기 시작했다.

─이 술집의 정확한 업체명과 소재지를 찾습니다. 해당 장소에서 평소 깨끗한 척하고 다니는 대통령 후보의 치명적인 비리 행위를 발견했습니다. 해당 장소만 찾아내 주시면 그 비밀을 공개하겠습니다.

처음에는 작게 시작된 일이었다.

하지만 어느 순간 그 뉴스는 엄청나게 빠르게 퍼지기 시작했다.

대통령 선거가 코앞이라 모두의 관심이 정치에 쏠려 있는 상황에서 대통령 후보의 치명적 비리라는 표현은 관심을 끌지 않을 수가 없었다.

다만 그 이후에 벌어진 일은 송정한으로서는 이해가 가지 않는 것이었다.

"아니, 이게 말이 돼?"

"뭐가 말입니까?"

"아니, 왜 이게 다른 쪽도 아닌 강용안 측에서 이야기가 돌기 시작해?"

처음에는 인터넷에 무차별적으로 게시글을 올렸다.

그러나 업로드 이후 컨트롤하는 건 노형진의 영역에서 벗어난 일이었다. 그걸 컨트롤할 이유도 없었고.

그런데 웃긴 건, 그 상황에서 이 이야기를 믿고 게시글을 퍼 나르기 시작한 게 황당하게도 강용안 측이었다는 거다.

정작 송정한 측은 관심도 없었고, 안주원 측도 어느 정도 관심은 보이되 조심하는 상황에서 오로지 강용안 측만 그 글을 미친 듯이 퍼 나르면서 사진 속 술집에 대한 정보를 찾는다고 서로 쑥덕거리기 시작한 것.

"자기 함정에 빠진 거죠."

"자기 함정?"

"네. 제가 거기에 누군지 말하지는 않았잖습니까?"

"그랬지."

노형진이 인터넷에 이걸 올릴 때 쓴 글에는 '깨끗한 척하는 정치인의 약점'이라고 되어 있었다.

해당 문구만으로는 그 정치인이 누구인지 전혀 알 수가 없었다.

"보고 싶은 대로 보고 믿고 싶은 대로 믿는다. 반대로 말하면, 자기가 생각했을 때 가장 깨끗한 사람이 이 사진과 엮인 주인공일 거라 생각하게 되는 겁니다."

"어허, 그렇군."

깨끗한 이미지의 정치인을 언급했는데 송정한이 나왔다?

강용안의 지지 세력조차 송정한이 깨끗한 이미지의 정치인이라는 걸 내심 인정하고 있다는 거다.

"하지만 말장난이죠."

사실 세상에 깨끗한 척하지 않는 정치인은 단 한 명도 없다.

뒤에서 수백억씩 받아 챙겨도 자기는 깨끗하다고 말하는 게 바로 정치인이다.

그러니 나중에 여기서 뭐가 터져도 노형진은 거짓말을 한 게 아니다.

"허허허, 이거 참 일이 재미있게 돌아가는군."

그렇잖아도 강용안 측은 네거티브를 만들어 내면서 어떻

게든 선거를 유리하게 끌어가기 위해 온 힘을 다해서 몸부림 치던 참이었다.

그런데 이런 글이 올라오니, 자신들도 모르게 이 약점이 송정한의 약점이라 생각해서 최선을 다해 업계를 파고 있는 것이다.

"더군다나 공개한 곳이 복수재단인 만큼 거짓일 수가 없고요."

그러니 저들은 자기들의 목적을 위해 최선을 다해서 업소를 찾고 있을 거다.

그게 자기들의 목줄을 조이는 짓인 것도 모르고 말이다.

"우리는 얌전히 기다리면 됩니다."

굳이 달리지 않아도 결국 저쪽에서 정보가 나올 수밖에 없으니까.

"그리고 그렇게 어그로를 잔뜩 끌었으니……."

덮을 수는 없을 것이다.

⚖️

노형진의 예상대로 해당 업소를 찾는 건 어렵지 않았다.

강남, 그것도 송정한의 지역구에 있는, 골든 애플이라는 제법 오래된 룸살롱이었다.

시간당 가격이 무려 350만 원이나 하는 술집 말이다.

골든 애플, 과연 어떤 비밀이?

송정한의 몰락의 시작인가?

깨끗하다는 국회의원은 누구?

누가 봐도 송정한이라는 식으로 물어뜯는 상황.

더군다나 해당 업소가 위치한 곳도 송정한의 지역구다 보니 다들 이 술집과 엮인 비리를 가진 대통령 후보가 송정한이라 확신하고 있었다.

사람들은 아마도 송정한이 거기에서 여자들을 끼고 신나게 놀아 젖히는 장면을 기대했으리라.

"이거 참, 어이가 없네."

노형진은 자폭을 화려하게 하는 강용안 일파를 보면서 피식 웃었다.

진짜로 그곳을 찾아낼 줄이야.

심지어 어떤 미친놈은 사비를 들여서 손님으로 찾아가 그 방에서 사진까지 찍어 왔다.

방이 한두 개도 아니고 어느 방인지도 모르는 상황에서 그 방의 사진을 찍으려면 도대체 몇 번이나 간 거란 말인가.

"미친놈들이 많다니까요."

노형진은 고개를 절레절레 흔들었다.

"자, 이제 관심은 충분히 끌었으니 폭탄을 터뜨리도록 하죠."

모두가 기다리는 사진이 터져 나갈 시간이었다.

물론 그게 그들이 원하던 사진은 아닐 테지만.

얼마 후 인터넷에 몇 장의 사진이 올라왔다.

어린애들로 보이는 놈들이 술을 처먹고 여자를 끼고 노는 모습.

심지어 어떤 사진에서는 아예 교복 차림이었다.

교복을 입은 고등학생이 여자 가슴에 손을 넣고 히죽거리는 모습은 사람들을 어이가 없게 만들었다.

-이게 뭐임?

-장난해? 송정한 약점이라면서?

-송정한 아들인가?

다들 그렇게 생각했다.

하지만 누군가가 쓴 댓글에 분위기는 순식간에 돌변했다.

-얼마 전 한국대학교 부정 입학 의혹이 있던 강용안 아들임. 와, 싹수 참 노랗네.

짧은 댓글이었지만 여론을 뒤집기에는 충분했다.

사람들은 그간 강용안의 아들인 강시탄의 얼굴을 몰랐기에 이 사진이 누구의 약점인지 알 수 없었다.

하지만 댓글 하나로 모든 분위기가 바뀌었다.

그렇잖아도 강용안이 강시탄 문제로 골치 아픈 상황에서 강시탄의 그러한 과거의 행동은 선거에서 심각하게 터질 수밖에 없는 일이었다.

–대통령 후보 아들이라는 자식이 고 2 때부터 여자 끼고 술 먹었다고?

–어이가 없다, 진짜.

물론 글을 올렸던 놈들은 다급하게 글을 내렸지만 이미 캡처까지 다 해 둔 사진이 사라질 리가 없었다.

"이건 모함입니다! 누군가 조작한 겁니다!"

"이미 술집까지 다 드러난 상황에 무슨 모함입니까?"

"이미 술집에 대한 조사까지 이루어지고 있어요!"

단순히 사진만 공개했다면 아마 이번에도 강용안 측 세력의 힘에 의해 언제나처럼 은폐되었을 거다.

하지만 이미 국민들의 관심을 최대한 불러일으킨 상태였고, 심지어 이걸 시작한 건 노형진이지만 주도한 건 강용안 측이었다.

그렇다 보니 강용안 입장에서는 미칠 노릇이었다.

자식새끼가 저지른 일이 이렇게까지 커질 줄은 몰랐으니까.

"어떻게 해서든 덮어야 합니다."

"하지만 뭐로요? 네거티브도 뭐라도 있어야 하죠."

수많은 참모들과 온갖 회의를 하고 왔지만 강용안에게는 별다른 뾰족한 방법이 없었다.

결국 아무런 대책도 없이 자기 선거 사무실로 돌아온 강용안은 분노를 참지 못하고 그대로 방 안의 물건을 닥치는 대로 집어 던졌다.

"씨팔."

자식 문제는 한국에서 아주 예민한 문제다.

더군다나 이번이 처음이 아니다.

그렇잖아도 아들의 부정 입학 문제로 머리 아픈 상황이었다.

물론 송정한은 네거티브 전략이 아니라 정책 대결을 하자고 했으니 지금 벌어진 일에 대해 별말하지는 않고 있다.

하지만 그건 송정한뿐이다.

안주원도 그럴 이유야 절대 없었으니, 그는 지금 신나게 네거티브 전략을 쓰고 있었다.

그렇잖아도 그놈들이 부정 입학 의혹을 물고 늘어지는 상황에서 술집 사진까지 공개된 상황.

실제로 강용안의 지지율은 까딱 잘못하면 안주원에게 따라잡힐 수도 있는 수준까지 떨어져 버렸다.

"미치겠네."

강용안의 마음속에서 스멀스멀 불안감이 피어올랐다.

그도 그럴 게, 노형진이 여기서 멈출 거라 생각하기는 힘들기 때문이다.

'이대로 물러나? 아니야. 그럴 수는 없어.'

합의? 해 줄 수 있다.

하지만 자신이 누군가? 대통령 후보다. 이 나라를 지배할 군주다. 이 나라의 최고 존엄이 될 사람이다.

그런데 합의? 항복?

"크윽."

그러나 지금 이대로는 끝낼 수 없는 상황.

"그래, 이번에는 물러나 주마."

이번에는 물러나 주고 그 대신에 복수하겠노라, 강용안은 이를 박박 갈았다.

하지만 노형진 역시 그가 어떤 인간인지 너무나 잘 알게 된 상황이라는 걸 그는 전혀 생각도 못 하고 있었다.

"합의하자고 연락이 왔다고 하더군."

김성식은 진중한 모습을 보여 주고 있었다.

그런 김성식을 보고 노형진은 미소를 지으며 말했다.

"뭔가 마음에 안 드시나 보군요."

"그래. 그쪽에서는 합의하자고 하고, 피해자의 부모도 이제 그만 합의하고 다 잊어버리고 싶다고 하는데……."

소시민으로서 대통령 후보와 전쟁 아닌 전쟁을 하는 것에 부담을 느끼지 않을 수가 없다.

하지만 그 돈을 받지 못하면 자식이 평생을 걷지 못하게 되니 어쩔 수 없이 싸워 온 것뿐이다.

"솔직히 내가 이런 인간들을 한두 번 봐 왔겠나?"

김성식은 확실히 한국 중앙수사본부에서 수많은 권력자들과 싸워 왔다.

"애석하게도 이런 타입들은 잠잠해지면 무조건 복수하려 덤비네."

김성식은 꺼림칙하게 말했다.

"합의하는 순간 우리가 할 일은 없겠지만 말이지."

엄밀하게 말하면, 합의에 이르는 순간 변호사의 모든 업무가 종료된다.

그러니 그 후에 강용안이 뭔 짓을 한다 한들 신경 쓰지 않는 게 일반적인 대응일 거다.

"어떠한 형태의 복수도 하지 않는다는 비밀 서류에 합의하시죠."

그 정도만 해도 정치인으로서는 치명적인 약점이 된다.

만일 복수할 경우 선거 중에 그 서류를 공개한다면 사실상 그의 정치생명은 끝장날 테니까.

"확실히 그게 최선이겠지?"

"네."

이쪽이 약점을 쥐고 있는 이상 권력자들은 꼼짝도 못 한다. 자신의 권력을 지키기 위해서라도 말이다.

선의에 기대어 그들의 용서를 바라는 것만큼 멍청한 짓이 어디 있겠는가?

"그래, 일단은 이면 합의로 그렇게 하는 게⋯⋯."

김성식은 고개를 끄덕거리면서 이 정도에서 사건을 끝내려고 했다.

피해자 측도 합의를 원한 거지 강용안이 파멸할 때까지 싸워 달라는 건 아니었으니까.

하지만 사건은 그렇게 마무리될 수가 없었다.

⚖️

"김 대표님, 큰일⋯⋯. 아, 노 변호사님, 같이 계셨네요."

"무슨 일입니까?"

"그 강용안 사건의 피해자 측에서 다급하게 연락이 왔어요."

"네? 무슨 일입니까?"

노형진은 그 말에 등골이 서늘해졌다.

소송은 보통 다급하게 이루어지는 일이 별로 없다. 특히 합의에 이르렀다면 더더욱 그렇다.

그런데 갑작스러운 연락이라니?

"강시탄이 병원에 와서 깽판을 치고 피해자를 폭행했대요!"

"네?"

"아니, 미친 거 아닙니까?"

제 아버지가 대통령 후보로 선거운동 중이다. 그런데 자식이라는 놈이 피해자를 폭행했다?

"진짜로 말인가?"

"네. 다급하게 연락이 왔어요. 크게 다친 건 아니지만……."

피해자는 돈이 넘치는 게 아니었다. 당연히 병원에서도 6인실에서 입원 중이었는데, 돌연 들이닥친 강시탄이 말릴 틈도 없이 피해자의 얼굴에 발길질을 했다는 것.

심지어 침대 위로 올라가 집요하게 피해자를 발로 찼다고 한다.

"미친 새끼가!"

아무리 봐도 뻔하다.

일이 이 지경이 되면 아무리 강용안이 강시탄을 사랑으로 보호한다고 해도 한 소리 하지 않을 수가 없었을 것이다.

평생 남들을 노예처럼 부리며 살아온 강시탄이 그걸 받아들일 수 있었을까?

당연히 화가 났을 거다.

그러니 자중하라는 말도 듣지 않고 바로 쫓아가 그대로 발길질을 한 것이다.

수년간 그래 왔고, 그때마다 강용안은 자신을 지켜 줬으니까.

그걸 입증받기 위해서라도 그는 어떻게 해서든 자신의 힘을 자랑해야 했을 거다.

일반적인 사람들이 생각하기에는 말도 안 되는 소리지만 종종 그런 말도 안 되는 짓거리를 하는 놈들이 있다.

"다행히 그곳에 있던 환자들과 간호사들이 말렸지만 피해자는 안면 골절이 왔다고."

"아이고, 맙소사."

안면 골절은 절대로 가벼운 부상이 아니다.

이 정도면 실형이 나오지 않을 수가 없다.

"일단 병원으로 가 보죠."

노형진은 자리에서 일어났고, 김성식 역시 고개를 끄덕거리면서 자리에서 일어났다. 그리고 직감적으로 중얼거렸다.

"아무래도 쉽게 마무리되진 못할 것 같군."

병원에서 피해자는 이미 응급처치를 받고 쉬는 중이었다.

하지만 노형진은 입술을 깨물 수밖에 없었다.

"아무도 없군요."

피해자의 부모님을 만나고 온 김성식 역시 쓸쓸하게 말했다.

"이건 해도 해도 너무하는군. 이게 제보가 안 들어갔나?"

"글쎄요."

강시탄이 피해자를 폭행해서 안면 골절이 발생했다. 그는 대통령 후보의 아들이다.

그런데 병원에 단 한 명의 기자도 오지 않았다.

"아직 알려지지 않은 건지, 아니면 막은 건지."

그걸 알 수가 없었다.

"일단 그 새끼부터 잡으러 가죠."

놀란 가족들을 뒤로하고 노형진은 병원 1층 한구석의 보안실로 향했다.

그러자 온갖 지랄을 하고 있는 강시탄의 모습이 보였다.

"놔! 안 놔? 씨팔! 놓으라고! 너 인생 종 치고 싶어?"

그리고 그런 강시탄을 막으면서 경찰이 움찔움찔하고 있었다.

'안 봐도 뻔하네.'

상대방이 대통령 후보의 아들이라고 하니 꼼짝도 못 하는 것이 너무 티가 났다.

노형진은 속에서 분노가 부글부글 끓는 것을 느꼈다.

"강시탄 군, 그만하게."

"넌 뭐야, 이 새끼야?"

"피해자 측 변호사네."

김성식이 침착한 목소리로 압박을 가했지만 강시탄은 코웃음만 칠 뿐이었다.

"그래서 뭐?"

"지금 뭐 하는 짓거리인가?"

"씨팔. 뭐 어쩌라고? 꼬와?"

"자네 행동은 선을 넘는 행동이네."

"그래서 뭐? 나 고소라도 하려고?"

강시탄은 비웃음 가득한 얼굴로 대꾸했다.

"누가 날 건드리는데? 이 짭새 새끼?"

비웃음 가득한 얼굴로, 자신을 바라보는 경찰을 돌아보는 강시탄.

그러더니 갑자기 주먹을 휘둘러서 경찰의 얼굴을 후려쳤다.

난데없는 주먹질에 경찰은 휘청거렸다.

"고소해 봐, 씨팔."

"자네 지금 뭐 하는 건가?"

"고소해 보라고, 이 씨팔 새끼들아."

이죽거리는 강시탄.

그의 입에서 나온 말은 일반인이라면 도저히 이해할 수 없는 것이었다.

"어차피 신고해 봐야 아빠 전화 한 통이면 다 설설 기는 새끼들이."

강시탄은 바닥에 퉤 하고 침을 뱉었다.

"어차피 검사 새끼들은 돈만 주면 다 되는 거고, 너희도 마찬가지 아냐? 아빠가 오면 달라는 대로 줄 테니까 짖어 봐. 멍멍, 멍멍."

그렇게 말하면서 강시탄은 키득거렸다.

"병신들아, 여기는 한국이야. 권력이 있으면 뭘 해도 되는 나라라고. 어차피 판사도, 검사도, 경찰도 뇌물 받고 싶어서 하는 일이잖아? 안 그래?"

강시탄의 말에 김성식도, 노형진도 표정이 완전히 굳어지고 말았다.

그리고 그 순간 뒤쪽의 문이 열리면서 강용안이 안으로 들어왔다.

"아빠."

아버지의 얼굴을 본 강시탄은 얼굴이 활짝 폈다.

"아빠, 이 새끼들 좀 조져 봐. 이 짭새 새끼가 아까 나 쳤어. 씨팔. 조또 아닌 새끼가 나한테 수갑까지 채웠다니까."

하지만 강용안은 아무런 말도 하지 않았다. 그저 노형진과 김성식을 뚫어지게 바라볼 뿐이었다.

그러더니 그의 입에서 나온 말은 적반하장이 따로 없었다.

"얼마를 원하나?"

"돈은 필요 없습니다. 이건 합의 대상이 아니라 형사처벌 대상입니다."

하물며 이제 강시탄은 학생도 아닌 성인이다. 그런데 그런 놈이 이런 짓거리를 한 거다.

"돈으로 해결하도록 하지. 어차피 이참에 성형하면 얼굴도 고칠 수 있지 않나?"

"뭐라고요?"

"안 그런가? 그다지 잘생기지도 않은 얼굴 아닌가? 이참에 성형하도록 하게나. 그러면 그 비용은 내 쪽에서 다 내주도록 하지."

노형진은 강용안의 말에 어이가 없었다.

"이거 미친놈 아냐?"

"뭐라고? 지금 감히 뭐라고…….."

"미친놈이라고 했습니다. 성형요?"

물론 안면 골절이 온 이상 성형을 해야 할지도 모른다.

그런데 그 비용을 줄 테니까 합의하자니.

"당신 같은 사람이 대통령이 되는 게 과연 한국에 도움이 되는 일인지 모르겠군요."

"뭐라고?"

"당신이 대통령이 되는 게 최선인지 의심이 된다 이 말입니다."

그 말에 강용안의 눈에서 분노가 피어올랐다.

"어차피 당신들은 변호사로 적당히 합의하면 그만 아닌가!"

노형진은 그 뒤에 서 있는 피해자들의 부모를 보고 코웃음을 쳤다.

'어쩐지 늦는다 싶었다.'

아무리 국회의원에 대통령 후보라고 해도 이 정도 일이 터지면 어떻게 해서든 덮으려고 달려왔을 테니까.

"이미 합의는 끝났네. 그러니 꺼져."

강용안은 무서운 눈빛으로 노형진과 김성식을 노려보았다. 그리고 피해자의 부모들은 노형진의 시선을 피했다.

'그럴 수밖에 없겠지.'

모든 사람이 정의롭게 불의에 맞서 싸울 수는 없다.

결국 힘이 없는 소시민은 굴복해서 숨죽이고 사는 경우가 많다.

"그런데 어쩌죠?"

하지만 강용안은 합의라는 것에 집착한 나머지 아주 중요한 걸 잊어버리고 있었다.

"저도 '유권자'인데."

노형진은 씩 웃으며 말했다.

하지만 그 눈빛은 어느 때보다 차가웠다.

"당신이 대통령이 되는 게 무척이나 마음에 안 드네요."

그 말에 강용안의 얼굴이 딱딱하게 굳어지기 시작했다.

"기왕 이렇게 된 거, 끝을 보죠."

노형진에게 두 번의 용서는 없었다.

유권자의 힘

노형진은 국민의 선택을 존중하려고 했다.

그랬기에 선거에 개입했다고 의심받을 행동은 하지 않으려고 했다.

하지만 그는 국민을 개병신으로 보는 놈이 대통령이 되는 걸 그저 방관할 만큼 인내심이 흘러넘치는 병신도 아니었다.

"어쩔 생각인가?"

노형진에게 김성식이 걱정스럽게 물었다.

"막아야죠, 무슨 수를 써서라도."

"이미 합의한 상황이야. 우리가 강시탄 사건을 언론에 터트리는 건 변호사법 위반이라네."

김성식은 우려 섞인 목소리로 말했다.

"더군다나 지금 상황을 보게나. 이 정도 사건을 언론이 모를 수가 없지 않나."

대통령 후보 아들의 폭행 사건이고, 심지어 그놈은 경찰까지 폭행했다.

하지만 하루가 지난 현시점까지 어떤 언론에서도 이를 보도하지 않고 있다.

"코리아 타임라인에서도 이야기가 없는 걸 보니 주변 인물의 입을 철저하게 막은 모양인데."

부패한 기자 한둘이야 어떻게 입을 막는다지만 노형진의 손에 있는 코리아 타임라인도 보도하지 않는다는 것은 현장에 있던 간호사와 경찰 그리고 피해자들에게 협박이 제대로 먹혔다는 소리다.

심지어 현장에서 두들겨 맞은 경찰도 아무 소리 못 하고 있는 상황.

"물론 자네가 작심하고 흘린다면야 방법이 있겠지만."

변호사법 위반? 물론 그 정도야 감수할 수 있다.

노형진을 변호사법 위반으로 기소한다 해도, 노형진 정도면 자신의 실력으로 스스로를 지킬 수 있다.

실제로 노형진이 정보를 흘렸다 해도 그걸 입증하는 건 전혀 다른 문제니까.

하지만 노형진은 굳이 변호사법 위반까지 해 가면서 강용안을 조질 생각이 없었다.

"그럴 필요 있습니까? 어차피 강용안의 약점이 한둘입니까?"

"네거티브 전략을 쓰려고?"

노형진은 코웃음을 쳤다.

"범죄 집단의 범죄를 공개하는 건 네거티브가 아니죠."

네거티브란 쉽게 말해서 음해다.

상대방에게 일단 죄인이라는 프레임을 뒤집어씌워서, 사람들이 상대방에 대한 객관적인 판단을 하지 못하도록 방해하는 것. 그게 네거티브다.

그 과정에서 뒤집어씌운 죄가 진짜인지 가짜인지는 중요하지 않다.

"하지만 이건……."

합의가 이루어진 상황에서 노형진이 경찰에 폭행 사건을 고발한다면 그건 분명 변호사법 위반이다.

"걱정하지 마세요. 그 폭행 사건은 건드릴 생각 없으니까."

"그러면?"

"아들을 그렇게 금이야 옥이야 감싸고 있는데, 과연 강시탄이 군대를 제대로 가겠습니까?"

"군대?"

"네."

노형진은 씩 하고 웃었다.

"사람들은 군대 비리라고 하면 당연히 군대를 가지 않은 시점에서 발생한다고 생각하는데요, 엄밀하게 말하면 그게 아니죠."

군대 비리가 발생하는 시점은 군대를 가지 않은 시점이 아니라 병역 비리가 발생하는 시점, 즉 신검이 종료된 시점이다.

이 차이는 엄청나게 크다.

왜냐하면 군대는 국방부 소관이지만 신체검사는 병무청에서 하기 때문이다.

물론 국방부라는 큰 틀에서 보면 병무청도 군대에 속하기는 하지만 엄밀하게 말하면 국방부의 외청이다.

"강시탄에 대해 알아보니 재미있더군요. 강시탄, 병역면제입니다."

"뭐? 그 사지 멀쩡한 놈이?"

노형진의 말에 김성식이 어이가 없다는 듯 되물었다.

멀쩡한 걸 넘어서, 너무 날뛰어서 경찰까지 폭행하는 새끼가 병역면제라니.

"뇌전증이라고 하더군요."

뇌전증. 소위 말하는 간질이다.

평소에는 멀쩡하지만 주기적으로 발작을 일으키기 때문에 군 생활을 할 수가 없다.

그런데 이 뇌전증 발작이 딱 맞춰서 신체검사 중에 일어났을 리 없으니 결국 서류 심사로 판단했다는 소린데, 그걸 조작하는 건 일도 아니다.

"실제로 뇌전증으로 군대를 빼는 놈들이 넘쳐 나니까."

"그간의 증언을 보면 뇌전증으로 판단할 근거는 역시 전혀 없더군요."

뇌전증, 즉 간질 같은 경우는 학교 기록에도 남아 있어야 한다.

왜냐하면 그로 인한 비상사태 발생 시에 선생님이 대응해야 하다 보니 필수적으로 다음 담임에게 정보가 넘어가야 하기 때문이다.

하지만 생활기록부 내에도 뇌전증에 관련된 언급은커녕 단 한 번의 발작 기록도 없었다.

"뇌전증으로 군대를 뺀 건 알겠는데, 그렇다고 해서 이게 이슈가 될까?"

언론에 제보하거나 고발한다 해도, 결국 언론에서 터트리지 않으면 그만이다.

현재 언론은 송정한이 대통령이 되는 걸 필사적으로 막고 있기 때문에 설사 강시탄이 사람을 죽인다 해도 보도하지 않을 가능성이 아주 높다.

"더군다나 이건 개인 정보 아닌가?"

질병 내역은 무척이나 중요한 개인 정보다.

제아무리 노형진이라 해도 쉽게 접근할 수 있는 게 아닌데다, 비공식적으로 얻은 정보로 고발하거나 소송을 진행할 경우 역으로 언론에 물어뜯길 수도 있다.

"알고 있습니다. 그걸로 고발하는 건 불가능하죠. 하지만 우리가 국방부와 병무청을 고발하는 건 가능하죠."

"국방부?"

"네."

"우리가? 뭘 가지고?"

어찌 되었건 국방부를 고발하기 위해서는 강시탄에게 특혜를 줬다는 증거를 제출해야 한다.

하지만 노형진은 그렇게 노골적인 방법으로 해결할 생각이 없었다.

"우리가 아니죠."

"우리가 아니라고?"

"네. 사실 재판은 이미 진행 중입니다."

"이미 소송이 진행 중이라니, 그게 무슨 말인가?"

김성식은 어리둥절한 얼굴이었다.

그도 그럴 것이, 강시탄과 관련된 소송은 단 한 건도 없었던 것이다.

"강시탄이 아니라 다른 사람들이죠. 병무청에서 우리 새론과 하늘을 죽이고 싶어 하는 이유를 모르시지는 않을 텐데요?"

그 이유는 여러 가지가 있다.

노형진이 군 내부에 고발 시스템을 만들어 수많은 부패 장성들의 목을 날려 버린 데다가 그 과정에서 두둑하게 챙기던 돈을 빼돌리지 못하게 막아 버렸기 때문이기도 하고, 또 군 내부에서 가스라이팅하는 것을 막기 위해 전문 변호사를 양성하는 것도 있다.

　그러나 가장 큰 이유는 남자라면 무조건 입대시키던 국방부, 아니 병무청의 시스템을 갈가리 찢어 놨기 때문이다.

　과거의 병무청은 그냥 상대방이 만만해 보이면 무조건 현역을 때려 버렸다.

　병원에서 면제 사유에 맞는 진단서를 떼어 왔거나 의심되는 질병이 있음에도 불구하고 귀찮다는 이유로 관련 서류를 쓰레기통에 처박고는 그대로 군대로 보낸 것이다.

　그래서 군대에서 사망하거나 질병이 깊어지는 사례가 많았다.

　하지만 노형진은 그런 병무청의 신체검사장 앞에 변호사를 상주시키고 현장에서 의뢰를 받은 다음, 신체검사 결과에 관련된 모든 자료와 증거를 수집하고 그 후에 검사 요원들에게 책임을 묻는 시스템을 만들었다.

　그 바람에 과거처럼 대충 실적이나 채우려고 무조건 현역 판정을 날리던 의사나 검사 요원이 그 이후로는 조금이라도 이상이 있으면 병원에서 진단서를 받아 오라고 선을 긋고 있었다.

　"하긴, 그로 인해 여러 사람 목숨을 구했지."

　군대에서는 면제 사유가 있어도 절대로 알려 주지 않는다.

　그들에게 중요한 건 자신들 아래에서 일할 노예지 한 집안의 가장이 아니니까.

예를 들어 그 사람이 빠지면 생계 곤란으로 온 집안이 굶어 죽을 수밖에 없는 상황이라 해도, 국방부나 병무청은 그에 대한 안내는 하지 않았다.

　　그걸 알아내고 그와 관련된 조항을 들이밀면서 면제를 요구해야 하는 건 어디까지나 당사자였다.

　　문제는 그렇게 가난한 사람은 법률적 지원을 받을 시간이나 돈이 없다는 거다.

　　실제로 그렇게 끌려간 억울한 피해자가 한둘이 아니었다.

　　하지만 바로 앞에서 변호사들이 대기하다가 그런 사람들에게 조언해 주기 시작하자 노예를 끌고 가지 못하게 된 국방부와 병무청은 노형진과 새론이라면 일단 눈깔부터 까뒤집을 정도가 되었다.

　　"지금까지 병무청에서 검사받은 사람들이 한둘이 아니죠."

　　"그렇지."

　　강시탄이 검사받은 병무청 신체검사장에서 검사받은 사람은 한둘이 아니었고, 현역 판정을 받은 사람도 한둘이 아니다.

　　일부는 그와 관련해서 소송 중이기도 했다.

　　이쪽은 충분한 서류를 제출했음에도 불구하고 국방부에서 눈깔이 돌아가 어떻게든 끌고 가려 했기 때문이다.

　　"지금 이걸 발표하면, 그 사람들은 과연 어떻게 반응할까요?"

　　"그렇다고 강용안과 싸우려고 하겠나?"

　　"강용안과 싸우려고 하지는 않겠지요. 하지만 병무청이

권력자를 위해 병역 비리를 저질렀다는 기자회견을 하는 건 불법이 아닙니다."

"호오. 그러니까 강용안이나 강시탄이 아니라 병무청과 싸우겠다?"

"네."

피해자들이 강용안과 싸우려 할까? 그럴 리가 없다.

그들은 부당하게 군대에 끌려가기 싫은 것뿐이다.

"어찌 되었건 강시탄은 병무청에서 부당하게 뇌전증 판정을 받아 군대를 가지 않았죠. 그런데 그간의 병역 비리를 생각해 보면 아시겠지만, 대부분 그걸 실행한 가해자만 문제 삼거든요."

"그렇지."

"하지만 웃기게도, 그걸 실행하기 위해서는 병무청의 도움이 필수적입니다."

뇌전증에 관련된 자료나 병력 조사 방법이 없는 건 아니다.

병무청에도 관련 자료가 있고, 또 검사 방법도 있고, 필요에 따라서는 강제 검사를 할 수도 있다.

그런데 그게 실행되지 않았다?

그저 서류 몇 장으로 면제가 된다?

"하긴, 말이 안 되지."

뇌전증이면 무조건 군대에 가지 않을까?

아니다. 뇌전증 환자 중에도 중증이 아니라는 이유로 군대

또는 공익으로 빠지는 경우가 무척이나 많다.

왜냐, 그들은 힘이 없어서 국방부와 병무청에서 이를 악물고 착취하려고 하기 때문이다.

그에 반해 강시탄은 권력이 있으니까 병원에서 대충 만든 서류, 혹은 조작된 서류로도 군대에서 빠질 수 있었던 것.

"그런데 병역 비리로 해당 신검장을 고발하면 어떻게 되겠습니까?"

"당연히 전수조사가 이루어지겠군."

국방부는 군대 문제에 대해 아주 심각하게 생각한다.

특히 한국에서 권력자들의 군대 회피 문제는 아주 심각하게 다루어진다.

당장 아들의 병역 문제로 압도적 지지율이 꺾이면서 결국 대통령이 되지 못한 사람도 있을 정도다.

"그리고 아무리 강용안이라 해도 국방부의 전수조사를 막을 수는 없죠."

현직 대통령도 아닌 후보가 국방부의 전수조사를 막을 수는 없다.

설사 그런 짓을 하려고 해도, 국방부 입장에서는 그 자체가 사실상 국방부 차원에서 권력자에게 병역면제를 해 주고 있었다는 증거가 되기에 그럴 수가 없다.

"중요한 건 수사가 아니라 소문이다 이거군."

"네."

강시탄이 해당 신검장에서 병역을 면제받았다.

그 소문만으로도 국방부의 행동반경은 극도로 제한될 수밖에 없다.

"강용안은 사람 잘못 건드린 겁니다."

유권자로서 표만 주고 끝?

아니다. 유권자는 상대방을 판단하는 사람이다.

그리고 노형진은 이마 강용안에 대한 판단이 끝난 상황이었다.

"한번 재주껏 막아 보라고 하세요, 후후후."

⚖

얼마 후 강시탄이 병역면제라는 사실이 소문나기 시작했다.

사실 이건 어찌 보면 당연한 일이었다.

그도 그럴 게, 대통령 아들의 병역 사항은 국민들에게 아주 중요한 요소 중 하나였으니까.

하지만 뇌전증으로 인해 병역면제라는 사실이 알려지자 분위기가 조금씩 이상해졌다.

"이 새끼, 진짜 간질일까?"

"간질이 아니라 뇌전증 아니에요?"

"이 새끼 이거 무식해서는. 뇌전증이 간질이야."

"아아~. 그런데 그런 걸로 거짓말을 하겠어요? 요즘 국방부가 어떤 곳인데."

"그건 그런데……."

아무리 막는다고 해도 강시탄과 관련된 소문을 100% 막을 수는 없다.

당장 강시탄이 범죄행위를 했다는 소문 자체는 파다했고, 특히나 한국대학교에 부정 입학을 했다는 소문은 막을 수도 없었다.

그런 상황에서 병역 비리 소문까지 터지자 다들 관심을 가질 수밖에 없었다.

"강용안 그렇게 안 봤는데."

"이 새끼야, 강 의원님이 네 친구야? 그리고 그분은 엄청 깨끗한 분이야, 이 새끼야!"

강용안을 지지하는 누군가가 짜증스럽게 말했다.

선거철마다 패거리가 갈리는 건 흔한 일이기에 후배는 입을 삐쭉 내밀었다.

"강용안 의원님이야 깨끗하시겠죠. 그런데 그 아들내미, 강시탄인가? 그 새끼는 룸살롱 사진이 아주 멋지던데요? 이야, 거기 골든 애플? 시간당 가격이 350만 원이라면서요? 멋지네요. 저는 한 달 내내 야근하고 죽어라 일해도 350만 원 못 받는데."

"너 이 새끼."

선임은 그 말에 욱했다.

하지만 반박하지는 못했다. 왜냐하면 자신도 그 사진을 봤으니까.

강용안 측은 정치적 모략이라고 거품을 물었지만, 애초에 그 사진은 강시탄의 친구들이 퍼트린 사진으로 알려져 있었고 실제로 친구란 놈들도 다급하게 사진을 삭제하고 잠수를 탄 상황이었다.

"아들이 뭘 했든 그게 강 후보님 잘못인 건 아니잖아!"

"네네, 그러시겠죠."

후임은 빈정거리면서 비웃음을 흘렸다.

그리고 그런 행동에 선임이 화를 벌컥 냈다.

"이 새끼가 선배 말을 쥐 좆으로 아나?"

"아니, 제가 뭐라고 했습니까. 혼자서 그러셔."

"너 이 새끼!"

흥분한 선임이 달려들려고 하는 그때, 뒤에서 그런 그를 말리는 목소리가 들려왔다.

"좀 닥쳐라, 이 새끼야."

"과장님."

"너 이 새끼, 회사 내에서 정치 문제로 분란 일으키지 말라고 내가 몇 번이나 말했어? 너야말로 내 말을 쥐 좆으로 들어 처먹냐?"

"……."

"마지막 경고다."

사실 선임이랍시고 있는 놈이 정치적 문제로 후배들과 분란을 일으킨 게 한두 번이 아닌지라 과장도 벼르고 있던 상황이었다.

몇 번이나 회사는 회사이니 정치 문제로 분란 일으키지 말라고 경고했음에도 그는 지치지도 않고 계속 문제를 일으켰으니까.

"너 한 번만 더 정치 문제로 회사에 분란 일으키면 내가 무슨 수를 써서라도 자른다. 알았냐?"

"네······."

그 말에 선임은 어쩔 수 없이 물러나며 입을 삐쭉거렸다.

자신의 정치적 소신을 알아주지 않는다고 속으로 욕하면서.

"이번 소송을 어떻게 막을지나 생각해 봐. 지금 골 때리게 생겼으니까."

"소송요?"

"무슨 소송요?"

"파워맨, 이번에 병역 비리에 엮였다."

"네?"

그 말에 두 사람은 깜짝 놀랐다.

파워맨이 누군가? 회사의 메인 래퍼이자 가장 잘나가는 래퍼 아닌가? 그런데 병역 비리라니!

"무슨 말씀이세요?"

"그 새끼, 뇌전증으로 군대 빠졌잖아."

"그랬죠."

"그런데 그놈이 검사한 병무청 신체검사장 있잖아. 그곳이 뇌전증과 관련된 병역 비리로 잔뜩 엮여 있어서 수사에 들어갔다. 거기서 뇌전증으로 면제받은 새끼들이 스무 명이 넘어."

운동선수에 가수에 래퍼에 돈 많은 부잣집 아들내미까지.

물론 남들이야 상관없다. 하지만 파워맨은 회사 핵심 래퍼라 이건 심각한 문제였다.

"지금 언론에서도 신나게 까고 있으니까 그거 덮을 생각 좀 해 봐."

"아니…… 어디서 검사받았는데요?"

"강남구 병무청."

"강남구 병무청이면……."

후임은 힐끔 선임을 보았다.

선임이 그렇게 물고 빠는 강용안의 아들 강시탄이 검사한 곳도 바로 강남구 병무청이었으니까.

뇌전증으로 병역에서 빠진 래퍼와, 뇌전증으로 병역에서 빠진 정치인 아들.

이게 과연 우연일까?

'깨끗은 개뿔.'

그러나 후임은 조용히 입을 닥치기로 했다.

과장의 신경을 건드려 봐야 좋을 게 없으니까.

지금 중요한 건 파워맨을 어떻게 보호할 것이냐 하는 문제다.

만일 그러지 못한다면 자기가 백수가 될 처지니까.

"미치겠네요, 진짜."

갑자기 얼마 전 든 적금 생각에 후임은 앞이 캄캄해졌다.

⚖️

노형진이 처음부터 강시탄을 노린 건 아니었다.

마침 뇌전증을 이용한 병역 비리에 대한 소문이 은근히 퍼지던 시점이었고, 알 만한 사람들은 그걸 이용해 빠지고 있던 터라 그걸로 엮은 것이었다.

억울하게 군대에 끌려가게 된 진짜 뇌전증 환자들이 가짜 뇌전증 환자들은 죄다 풀어 주면서 우리는 왜 끌고 가느냐고 소송을 걸었고, 그에 따라 해당 병무청에서 뇌전증으로 면제 판정이 나온 사람들에 대한 정보가 사회 전반에 빠르게 퍼지기 시작했다.

그런데 거기에는 강시탄에 대한 정보도 있었다.

당연하게도 강시탄은 연예인들에 비견될 정도로 많은 관심을 끌었다.

ㅡ이야, 부정 입학에 룸살롱에 이제는 병역 비리야?

ㅡ3연타네. 홈런이네.

-우리 강용안 후보님 욕하지 마. 이 빨갱이들아.

-저 새끼들은 할 줄 아는 말이 빨갱이밖에 없나?

인터넷의 여론은 극도로 좋지 않았다.

좋을 수가 없었다.

개인적인 비리라면 차라리 이해라도 하지, 자식이 벌써 세 번째 사고를 쳤다. 그것도 권력형 사고를.

"후우……."

강용안은 신문을 보다가 탁, 소리 나게 내려놨다.

  강용안, 대선 레이스에 빨간불

자신을 물고 빨아 주는 언론사에서조차 이렇게 표현할 정도면 진짜 위험한 거다.

그 사실을 아는 강용안은 입술이 바짝바짝 말랐다.

이게 차라리 이쪽을 공격한 거라면 반격해서 입 닥치게 하면 되는데, 지금은 병무청의 부당한 심사를 피해자들이 고발하면서 그와 관련해서 엮인 것뿐이라 섣불리 저쪽을 공격할 수가 없었다.

도리어 이 시점에 공격해 봐야 안주원에게 자신의 약점을 잡히는 꼴밖에 안 되는 상황이었다.

"지지율은?"

"3%가 더 떨어졌습니다."

"후우……."

그 말에 강용안은 입술을 깨물었다.

대통령이 되기 위해 최선을 다했다. 그런데 이제는 대통령이 문제가 아니었다.

'이대로는…….'

대통령 선거에 나왔다고 끝이 아니다.

도리어 대통령 선거에서 영혼까지 탈탈 털려서 결과적으로 나중에 국회의원도 되지 못하는 사례도 아예 없지는 않다.

아무래도 대통령은 온갖 검증을 거치게 되는 자리니까.

"이대로 포기할 수는 없어."

그는 이대로라면 자신의 인생이 박살 날 거라는 걸 직감할 수 있었다.

그렇기에 어떻게 해서든 이기기로, 아니 최소한 이 모든 걸 덮기로 했다.

문제는 그 방법이었다.

강시탄의 병신 같은 짓거리는 이미 너무 크게 알려졌다. 더 이상 어떻게 덮을 수도 없을 정도로 말이다.

다급하게 강시탄에게 자숙하라고 하기는 했지만 이미 알려진 상황에서 강시탄과 관련된 정보를 슬슬 감추는 것은 불가능했다.

"송정한 이 개 같은 새끼가."

강용안은 분노로 온몸이 부들부들 떨렸다.

자신이 어떻게 이 자리에 왔는데, 송정한 때문에 모든 걸 날리게 생겼기 때문이다.

더 짜증 나는 건, 자신과 안주원은 서로를 공격하느라고 똥칠을 하고 있는데 정작 송정한은 중간에서 고고하게 자신들을 가지고 놀고 있다는 거다.

"뭐라도 만들어!"

"네?"

"뭐라도 만들라고! 송정한 관련해서, 없는 죄를 만들어서라도 조지란 말이야!"

그 말에 부하는 떨떠름한 표정이 되었다.

그럴 수 없다는 건 자신이 가장 잘 아니까.

물론 전이라면, 아니 다른 사람이라면 그래도 문제가 없었을 거다.

하지만 송정한 뒤에는 노형진과 마이스터가 있는데 그런 짓을 했다가는 오히려 이쪽이 망한다.

그들은 기존의 정치 세력과 달리 보복하는 데 전혀 거리낌이 없기 때문이다.

"노력해…… 보겠습니다."

그가 할 수 있는 말은 그것뿐이었다.

강용안은 무슨 짓이라도 해 보겠다며 발악하기 시작했다.

없는 죄를 만들어서 떠들기도 하고, 방송에 나와서 하는 말은 오로지 송정한에 대한 네거티브뿐이었다.

하지만 강용안의 추락은 이제 시작이었다.

그도 그럴 게, 확실하게 대선 레이스에서 탈락했기 때문이다.

원래 송정한의 뒤에 바짝 붙어서 2위를 달리던 그였으나 지지율이 떨어지더니 3위, 그것도 아주 큰 격차의 3위로 떨어졌다.

그 정도면 송정한이 빠져도 안주원을 이길 수 없는 상황.

아직 선거운동이 본격적으로 시작도 되지 않았는데 강용안의 지지율은 바닥을 뚫고 있었고, 다급한 나머지 온갖 말도 안 되는 네거티브를 하는 바람에 더더욱 떨어지고 있었다.

"어이가 없을 정도로 떨어지더군."

"그렇죠. 자식을 위해 군대까지 빼 버렸으니."

"그건 예민하죠."

한국 국민들, 특히 남자들은 군대에 예민하다. 그런데 자식을 위해 군대까지 뺐으니 지지율이 떨어지지 않는 게 이상한 거다.

더군다나 한번 떨어지기 시작하자 온갖 더러운 추문들이 연달아서 터져 나왔다.

대통령 선거 이후의 정치생명도 사실상 끝났다고 봐야 할 정도였다.

"그런 이야기를 하려고 저를 부르신 건 아닐 테고, 어쩐 일이십니까? 선거운동을 도와 달라고 부르신 건 아니죠, 설마?"

"그럴 리가 있나."

이번에는 노형진이 송정한을 도와주고 싶어서가 아니라 강용안 같은 놈이 대통령이 되면 위험하니까 막은 것뿐이다.

"다만 조언을 구하고 싶어서 부른 거라네."

"조언요? 정책 관련입니까?"

"정책도 정책이지만……."

송정한은 심각한 얼굴로 말했다.

"이게 정책으로 해결될 문제가 아니라서 말이야. 아니, 해결할 수야 있겠지. 한 10년? 아니, 20년쯤 걸리면? 그런데 그렇게 오래 방치하면 한국이 망할 판국이라서."

"한국이 망한다고요?"

노형진은 고개를 갸웃했다.

그도 그럴 게 아무리 사회에 문제가 많은 대한민국이라지만 그 정도 시간 안에 망하기까지 할 가능성은 극히 낮기 때문이다.

"뭔 일인데요?"

"자네는 군대에 적대적이지. 인정하나?"

"부정은 하지 않겠습니다."

노형진은 군대를 좋아하지 않는다.

정확하게는, 군대를 부정하는 게 아니라 개혁을 결사적으로 반대하고 방해하면서 여전히 60년대 스타일로 군대를 운영하려고 하는 윗선을 극도로 싫어한다.

노형진이 그간 그렇게 싸우고 온갖 짓을 다 했음에도 군대는 자신들의 이권과 권력을 위해 그러한 부분을 더더욱 강하게 요구해서, 사실상 한국의 군대는 1960년대와 그다지 다를 바 없이 주먹구구로 굴러가고 있었다.

"대한민국 군인회를 만들어서 그들을 고발하게도 하고 국정원을 통해 압력도 넣었지."

"그랬죠. 들은 척도 안 하지만."

"그랬지."

노형진의 말에 송정한은 쓰게 웃었다. 그러고는 긴 한숨을 내쉬었다.

"솔직히 말해서 대선이라는 건 단순히 표만 구걸해서 되는 게 아니야. 특히나 이번처럼 정책 대결로 가자고 하면."

정책을 짜려면 문제를 알아야 한다.

문제도 모르는데 정책을 짜는 건 불가능하다.

그랬기에 송정한, 아니 우리국민당에는 전체적으로 정책을 짜기 위해 단순히 홍보만 하는 게 아니라 다양한 제보를 받거나 실제 문제를 찾아다니는 팀이 따로 존재한다.

"그런데 국방부, 아니 군대 말이야. 아주 개판이더군."

"한국 군대가 언제 정상인 시기가 있었습니까?"

"단순히 그런 문제가 아니야. 허리가 끊어지게 생겼어."

"허리요?"

"군 내부의 초급장교들 말일세. 사실상 씨가 마를 판국이야."

"씨가 마르다니요?"

"지금 하사관이나 초급장교가 받는 돈이 최저임금 이하라는 거 아나? 심지어 법정 근로시간보다 배 이상 근무하는 환경인데도 말일세."

"네?"

노형진은 어리둥절한 얼굴이 되었다.

사실 노형진이 모든 걸 다 아는 건 아니다.

물론 대한민국 군인회를 만들어서 내부 고발을 더욱 가열하게 하도록 만들기야 했지만, 이미 잘 굴러가는 대한민국 군인회를 노형진이 계속 붙잡고 있을 이유는 없으니까.

"그게 무슨 말씀이십니까?"

"말 그대로일세. 현재 중간 계급의 간부들이 엄청나게 부족해. 그런데 중간 간부만이 아니지."

하사관, 아니 요즘은 부사관이라고 불리는, 사실상 군대에서 실무를 하는 직업군인들, 그리고 소위부터 시작해서 장군까지 올라가는 과정에 있는 수많은 하위 장교들.

그들이 부대의 핵심이라고 할 수 있다.

그도 그럴 게 실무를 담당하고 동시에 병사들을 관리하면서 전투력을 유지해야 하기 때문이다.

"그들의 상황이 너무 심각해. 사실상 군대가 주저앉기 직전이야."

"그 정도입니까?"

"오죽하면 군 내부에서 군무원에게 무기를 주고 지휘권을 부여하자는 소리가 나오겠나?"

"아니, 그게 뭔 개소리입니까? 그게 무슨 말도 안 되는……. 그들은 민간인입니다."

군인이 아니라 민간인이기에 그들은 군에 대한 지휘권을 행사할 수 없다.

애초에 엄밀하게 말해서 무기도 들어서는 안 된다.

무기를 드는 순간 전쟁에서 교전 대상이고, 민간인이 무기를 들면 전투 병력이 아니라서 제네바협약의 보호 대상도 아니게 되기 때문이다.

그러니까 교전 중에 항복하거나 포로로 잡힌 군인은 제네바협약의 보호 대상이지만 무장한 민간인은 고문당하거나 노예로 끌려가도 찍소리도 못 한다는 거다. 보호 대상이 아니니까.

"국제법은 뭐 개떡으로 알아 처먹는답니까?"

"내 말이 그 말일세. 그런데 지금 군 내부에서는 군무원도 무장시켜서 병력으로 써먹어야 한다는 주장이 나오고 있어."

"지랄 났네요, 아주."

"말만 번지르르하지."

군무원도 군대의 업무를 하는 사람인 만큼 자기방어 수단은 가져야 한다는 거다.

하지만 과연 그게 자기방어 수단으로 끝날까?

애초에 그럴 거면 누가 군무원을 하겠는가? 군대에 말뚝을 박지.

"군 내부가 심각하게 무너지고 있어. 하사관, 아니 부사관이라고 했지? 시대가 바뀌어서 용어가 바뀌었는데…… 나도 나이를 먹었구먼."

송정한은 고개를 흔들며 말했다.

"부사관의 충원율이 80% 이하야. 그것도 병사를 마치고 전문 하사를 원하는 사람까지 포함해서 말일세. 3사관학교나 ROTC도 충원율이 부족해서 난리고. 얼마 전에는 육군사

관학교도 간신히 미달만 면했다고 하더군."

"미달만 면했다라…… 하하하."

"웃을 일이 아닐세. 대한민국 군대가 망가지면 나라가 망하는 거야."

그 말에 노형진은 쓰게 웃었다.

그 말은 무시할 수 없는 것이었으니까.

스스로를 지키지 못하는 존재는 전 세계의 먹잇감이 될 뿐이다.

'조선 시대에 그런 꼴을 당했으면 배우는 게 있어야 하는데 여전히 배운 게 없나 보네.'

노형진은 혀를 끌끌 차면서 물었다.

"그래서 뭐라고 하던가요? 뭐, 애국심 운운하던가요?"

"자네를 탓하던데? 나라를 망친 주범이라고."

"뭐, 그럴 겁니다."

대가리에 똥만 찬 고위 장교들 입장에서는 나라를 팔아먹지 못하게 막는 노형진이 무척이나 거슬릴 테니까.

"적당히 해 처먹을 수 있게 됐으면 이 꼴은 안 났다, 그런 식으로 생각하겠죠."

"그게 전형적인 범죄자 마인드 아닌가?"

송정한은 소파에 기댄 채 팔걸이를 손가락으로 두들기며 떨떠름하게 말했다.

"자네도 알겠지만 현 상황에서 이걸 정책으로 해결하려 하면 수십 년이 걸릴 거야. 아무래도 못 고칠 가능성도 높고."

"어째서요?"

"전반적으로 보니까 가관이더군. 군대도 이 상황을 모르는 게 아니었네."

이 문제가 수면 위로 드러나기 시작한 게 벌써 몇 년 전이라 국방부도 조금씩이라도 고치려는 시도를 했다고 한다.

"하지만 예산안에서부터 군 장병 복지 또는 군 내 복지 향상이라는 글자가 들어가면 무조건 전액 삭감이라고 하더군."

"이놈의 나라는 군인을 노예로 보니까요."

한국은 군인을 국민으로 보지도 않고 나라를 지키는 애국자로 보지도 않는다.

한국이라는 나라에서 군인은 노예의 다른 이름이며 또한 착취를 해도 되는 대상이다.

"당장 장군들조차도 그렇게 생각하고 착취하는데…… 아니, 장군까지 갈 필요도 없죠. 군필자 중에도 그런 소리 하는 놈들이 넘쳐 나는데 누가 군인을 대우해 주겠습니까?"

군필자들 중에도 군인은 공인된 노예라면서, 대우해 줄 필요가 없다고 하는 사람이 많다.

그들은 자기들이 노예 취급받았으니 자기들 후배도, 그 후배도, 심지어 자식도 노예가 되어야 한다고 생각한다.

"알고 있네. 심각한 문제지. 미국처럼 복무에 감사하는 것까지는 바라지도 않아."

최소한 노예가 아니라 국민으로서, 나라를 지키기 위해 자신의 권리를 내려놓은 사람으로서 대우해 줘야 하는데 한국에서 군인은 그냥 집 지키는 개일 뿐이고 착취의 대상이며 뭐라고 해도 찍소리도 못 하는 병신일 뿐이다.

"그래서 제가 군대를 싫어하죠."

노형진이 나라 망하라고 군대를 싫어하겠는가?

바뀌어야 하는데도 바뀌지 않기 때문에 싫어하는 거다.

"당장 군 장교들의 무장도 그렇고요."

미국, 아니 심지어 가난한 나라의 병사들, 일전에 만난 탈레반도 자기들 무기에 레일 시스템을 달아서 조준경이나 총기용 손잡이 같은 밀리터리용품을 사용한다.

당연하다. 자기들 목숨이 달린 일이니까.

그런데 한국은 군 내 열등감 운운하면서 달지 못하게 한다.

21세기에 그런 장비도 없이 알보병(이동 수단 없이 행군하다가 다리에 알이 배기는 보병)인 나라는 대한민국 수준의 국가 중에 대한민국이 유일하다.

최소한 가난한 나라에서도 특수부대는 그걸 달게 해 주는데 한국에서는 그것조차 안 된다.

그러면 자비로 구입하면 허락하냐? 그것도 안 된다.

심지어 일부 장교들이 자비로 구입하자, 장비의 소유권을 포기하고 국가에 넘기면 사용하게 해 주겠다고 했다.

쉽게 말해서 수백만 원어치의 장비를 국가가 꿀꺽하겠다

는 건데, 누가 그걸 사겠는가?

물론 제대한 후에는 사용할 일도 없고 군수품인 경우 시장에 파는 게 부담스러울 수도 있다.

하지만 그런 상황에 대비해 제안하는 거라면 중고로 가격을 책정해서 구입하면 되는데, 아예 내놓으라고 하다니.

"개 같네요, 진짜."

"그러니까."

노형진의 말에 송정한은 우려 섞인 얼굴로 동감했다.

"그리고 내가 이걸 챙긴다고 하면 자유신민당이랑 민주수호당이 예산을 핑계 삼아 극렬하게 반대할 거라는 건 자네도 알지?"

"알죠. 네, 당연히 그러겠죠."

국가 수호? 국가 안보?

요즘 '알빠노'라는 용어가 유행 중인데, 정치인들이 바로 그 짝이다.

나라가 망하든 말든 정치인들에게 중요한 건 자신의 권력과 뇌물이다.

그렇기에 송정한이 올바른 정치를 하려고 해도 자유신민당과 민주수호당은 극렬하게 반대할 거다.

왜냐, 송정한이 정치를 잘할수록, 그래서 우리국민당의 지지율이 높아질수록 자신들이 다음 선거에서 떨어질 가능성이 높아지기 때문이다.

이것이 법이다

"그래서 선거만 끝나면 아주 개판 되죠."

"그렇지."

얼마 전까지만 해도 필요한 정책이라고 외치던 놈들이 선거에서 지자마자 갑자기 그 정책의 필요성을 주장하는 사람들에게 빨갱이라고 외친다든가, 자신들이 필요하다고 주장했던 예산을 정권이 바뀌자마자 전액 삭감하는 경우는 사방에서 넘쳐 난다.

반대로 자기들이 예산을 전액 삭감하려고 지랄 발광하던 정책이 실패하면 마치 자신의 공적인 것처럼 홍보하기도 하고 말이다.

"솔직히 말해서 이건 국방부만의 잘못은 아니야. 국가의 잘못이기도 하지."

지난 수십 년간 대한민국 정부는 국방부에서 요구하는 자금 소요를 무차별적으로 잘라 왔다.

"그나마 병사들과 관련된 자금 소요는 어느 정도 지원해 준 건 사실일세."

"그거야 병사들도, 그리고 그 부모들도 결국 표니까요."

"그렇지. 그 덕분에 현재 병사들 월급도 많이 올랐고 숙소도 많이 개선되었지."

"네, 그건 부정하지 않습니다."

"하지만 장교는?"

송정한은 떨떠름하게 말했다.

"생각해 보니 나도 문제가 생기면 장교가 해결해야 한다고만 했을 뿐 그들에게 더 많은 권한이나 혜택을 주는 건 염두에 둔 적이 없더군."

"그게 일선 부대의 문제죠."

"그래, 그래서 고민 중이야. 솔직히 말해서 차라리 병사들에 대한 혜택이라면 이렇게까지 반응이 격하지 않을 거야. 하지만 장교나 부사관의 처우 개선? 아마 100% 예산 어쩌고 하면서 자를 걸세."

노형진은 고개를 끄덕거렸다.

정치는 혼자 하는 게 아니다. 그리고 대통령이 된다고 해서 다 개혁할 수 있는 것도 아니다.

송정한이 아무리 개혁을 하고 싶다고 해도, 아래에서 지랄발광을 하면 힘들어질 수밖에 없다.

"그리고 내 경험상 이 상황에서 방법은 하나뿐이라네."

"너도나도 좆 되게 만들어야 한다는 거죠."

"그렇지."

"인간이란 참."

상대방이 협상에 적극적으로 나오게 하는 방법은 뭘까?

설득? 아니면 거래? 아니면 읍소?

전부 아니다.

설득하려고 하면 들은 척도 안 하고, 거래하려고 하면 자기들 이권을 요구해서 부패가 가속되며, 읍소하면 자기가 절대 갑인 줄 알고 이쪽을 노예로 부리려고 한다.

"그냥 같이 죽자, 이러다 같이 죽는다, 이게 가장 빠르고 효과적이죠."

"그렇지."

송정한은 씁쓸하게 웃었다.

"아이러니하게도, 오래 고민할수록 지금의 군 문제를 고칠 방법은 하나뿐이더군."

"군 내부를 빠르게 무너트리는 거군요."

"그래. 정치인들은 군을 예속된 노예로 생각하지만 그렇다고 해서 없어도 되는 조직으로 생각하는 것은 아니지 않나?"

"하긴, 그건 그렇죠."

군대가 없으면 나라를 지키지 못한다.

아니, 그걸 떠나서 입으로는 집 지키는 개니 뭐니 하고 떠드는 놈들도 군대가 없으면 자기들이 노예가 될 거라는 것쯤은 알고 있을 거다.

"하지만 방법을 모르겠단 말이야."

"천천히 죽어 가느냐, 아니면 상처를 도려내고 살아남느냐의 문제군요."

"정확하네."

송정한이 개혁 주의자이기는 하지만 망가트리는 한이 있어도 개혁해야 한다고 주장할 정도의 급진주의 성향을 보이지는 않기 때문이다.

꼭 필요한 상황에서는 그렇게 행동하겠지만, 웬만해서는 그런 모습은 보이지 않는다.

"그런데 송 의원님이 이렇게 말씀하실 정도면……."

내부의 심각함이 도를 넘었다는 의미다.

'하긴, 얼마 후에 있을 러시아와 우크라이나 전쟁에서도 비슷한 말이 나왔지.'

세계 2대 군사 대국이라는 러시아가 졸전을 계속하자 사람들은 놀라워하는 동시에 이게 가능한가 의아해했다.

하지만 한국의 군필자들은 '한국도 크게 다르지 않다.'라며 다른 반응을 보였다.

KF21 전투기니 K9니 K2 전차니 하는 국뽕 뉴스가 연일 방송에서 흘러넘치지만 일선 군부대를 제대한 병사들은 군의 현실을 안다.

전투 훈련보다는 작업이 많고, 신형 장비는 있지만 쓸 줄을 모르며, 러시아에서 붕대가 없어서 탐폰을 쓴다지만 한국 병사들은 아예 총상 대비 훈련 같은 건 해 본 적도 없다.

그러니 러시아가 세계 2위 군사 대국이고 한국도 세계 6위 군사 대국이지만 정작 전쟁이 나면 러시아나 한국이나 별반 다를 바가 없을 거라는 것이다.

이 모든 것이 군대가 1960년대 이후로 발전을 거부했기에 벌어진 일이었다.

"그렇다고 이걸 내가 공개적으로 말하면…… 알지 않나?"

"알죠."

분명히 나라를 팔아먹는 빨갱이라고 지랄할 거다.

나라를 지키기 위해 국민이자 군인들의 처우를 개선하자는 의견이 자유신민당과 민주수호당에게는 표플리즘 정책이나 빨갱이 정책으로 보이는 게 현실.

"그러니까 군대를 빠른 시일 내에 좆 되게 만들어야 한다는 거네요."

"맞네."

"흠……."

그 말에 노형진은 턱을 만지작거렸다.

이건 아무리 생각해도 쉬운 문제가 아니었다.

"뭐, 해 보죠."

하지만 노형진은 고민하지 않았다.

"누구 좆 되게 하는 건 제 주특기니까요."

그리고 그걸 군대를 상대로 하는 건 더더욱 거리낄 필요 없었다.

⚖

"군대 내부가 이렇게 개판이라고? 허, 참."

이번 사건은 아무래도 군대라는 조직과 싸워야 하다 보니 소송을 진행하기 전까지는 보안을 위해 군대에 대해 잘 아는 노형진과 무태식 그리고 김성식이 사건을 담당하기로 했다.

그리고 거기에 고연미 변호사가 노형진의 계획에 필요해서 동참하기로 했다.

한데 모여 자료를 살피던 네 사람은 자료에서 접한 믿을 수 없는 한국 군대의 현실에 한탄을 금치 못했다.

"퇴보라……. 확실히 퇴보했지요. 저도 군 생활을 했습니다만 최소한 그때도 밥은 제대로 나왔습니다."

이번 생에 회귀하고 나서 장교로 복무할 때의 이야기가 아니다. 회귀 이전에 병사로 군대를 갔을 때의 이야기다.

그때는 최소한 밥이 없어서 굶지는 않았다.

자료를 살피던 고연미가 미간을 찡그리며 입을 열었다.

"코델09바이러스 때부터 엄청 퇴보했네요."

"정확하게는, 퇴보는 계속되었습니다. 그저 외부에 드러나지 않았을 뿐."

그 말에 노형진이 떨떠름하게 말했다.

"핸드폰이 모든 걸 바꿨죠."

조금씩 퇴보했지만 군 내부에서의 일은 군 내부에 남겨야 한다는 암묵적인 룰, 그 룰이 깨진 게 바로 핸드폰 때문이었다.

군대에서도 핸드폰을 사용할 수 있게 되면서 그간 감춰졌던 온갖 비리와 퇴보한 군대의 현실이 밖으로 유출되기 시작했던 것.

"그런데 웃긴 건, 정작 병사들은 그게 가능한 반면 장교나 부사관은 불가능하다는 거군. 우리가 실수했어."

"네. 대한민국 군인회를 통해 들어오는 제보만 믿고 완전 방심했습니다."

병사들이야 어차피 1년 6개월 후에는 나갈 사람들이니까 부담 없이 사진을 올린다.

내부 고발했다 한들 뭘 어쩌겠는가?

이제는 영창도 없어졌고, 그걸로 처벌하면 외부의 인권 단체가 지랄 발광을 하기에 거리낌이 없다.

"하지만 장교와 부사관은 아니죠."

생계 문제가 걸려 있으니 어쩔 수 없이 끌려다녀야 했던 것.

"그래도 이건 너무한데요. 야간 당직비가 만 원?"

"그건 그나마 주기라도 하죠."

군 내부에는 장교에 대한 터무니없는 가혹 행위가 넘쳐 났다.

일단 야근 수당 찍지 못하게 하기.

원래는 군대도 규정에 따라 야근 수당을 줘야 한다.

하지만 국방부 내부에서 티를 내지는 않지만 알음알음 꼽을 줘서 야근 수당을 청구 못 하게 하는 것이다.

"그래 놓고 야근 수당 포함해서 월급이 300이라니, 이거야 원."

"그것만이 문제가 아닙니다. 근무 취침도 하지 않고 있어요."

분명 군 내부에서는 야근을 하는 경우에는 다음 날 훈련이 있는 등의 특수한 경우가 아니라면 근무 취침을 보장하게끔 되어 있지만 그것도 지켜지지 않는다.

"훈련하러 가서도 임금을 제대로 주지 않고 말이죠."

훈련은 한번 시작하면 스물네 시간 계속된다. 낮에는 수색 정찰, 밤에는 매복.

그렇게 훈련하러 가서 텐트에서 자는 건 자는 게 아니다. 사실상 대기 상태로 봐야 한다.

"그런데 규정이 참 웃기네요."

"엄밀하게 말하면 규정이 아닙니다. 그냥 장군이라는 새 끼들이 착취하려고 수 쓰는 거지."

훈련하러 갔지만 텐트에서 잤으니 퇴근한 거라며 무급으로 처리하는 새끼까지 있을 정도이니 할 말이 없을 지경이었다.

자료를 넘겨 보던 고연미가 또다시 의아한 표정으로 질문을 던졌다.

"그리고 이해가 안 가는 게 또 있는데, 군대에서는 식사가 제공되지 않나요? 돈을 왜 받아요?"

"돈을 받는 건 당연한 겁니다. 문제는 그에 맞는 식사가 제공되느냐는 거죠."

사람들이 잘 모르는 사실 중 하나가 장교들은 돈을 내고 밥을 사 먹어야 한다는 거다.

국방부는 군대 운영 비용의 현실화를 운운하면서 장교들에게 자비로 밥을 사 먹는 걸 강제했다.

실제로 장교에게는 별도의 식비가 지급되고 있으니 그 비용을 지불하는 게 정상이다.

문제는 장교가 식사를 하든 안 하든 식비를 강제로 뜯어 간다는 거다.

"한 끼당 4천 원이라는 건데."

"그래도 말이 너무 안 되잖아요? 이건 그냥 착취인데."

만일 식당에서 밥을 먹는다면 4천 원을 차감하면 될 일이다.

과거같이 병사 식당에서 밥 먹는 것을 막고 싶다면 명령을 내려 장교들의 병사 식당 사용을 금지해 버리면 그만이다.

하지만 그 대신에 일괄적으로 무조건, 끼니당 먹든 안 먹 든 4천 원을 차감한 것이다.

"그러면 당직은요?"

"그게 문제가 되는 거죠."

당직 근무를 할 경우 장교는 스물네 시간 동안 부대 내에 상주하게 된다.

그런데 이 당직 근무자는 외부에 나갈 수 없다. 당연히 장 교 식당도 갈 수가 없다.

즉, 싫든 좋든 병사들과 밥을 먹어야 한다.

그런데 근무 중 식사라고 4천 원씩 깐다.

당직비가 1만 원인데 저녁과 아침으로 8천 원을 까 버리니 당직 근무하고 2천 원 받는 셈이다.

"훈련도 문제가 많네요. 전투식량을 팔아먹냐. 아으, 개 같은 새끼들."

무태식은 제보된 내용을 보며 혀를 끌끌 찼다.

그러자 고연미가 궁금한 듯 쳐다보았다.

"그게 문젠가요?"

"네? 아, 문제죠. 아주 큰 문제죠."

전투식량은 훈련하러 가면 먹을 수밖에 없다.

훈련 중 소위 밥차 파괴 상황은 수도 없이 벌어지니까.

"그런데 대부분 전투식량으로 유통기한이 임박한 물건을 뿌리거든요."

"네? 어째서요?"

"군대에서는 선납 선출이라고 해서 먼저 들어온 물건을 무조건 먼저 써야 하기 때문이에요."

무태식은 기가 막혀서 못 견디겠다는 표정으로 설명을 계속했다.

"그리고 대부분 규정에 따라 일정량 이상의 전투식량과 식수를 비상용으로 보유하고 있어야 하고요."

그러다 보니 유통기한이 다 된 식량은 파기하거나 먹어 치워야 하는데, 군대의 특성상 파기하는 경우 인사고과에서 마이너스를 먹을 수밖에 없기에 훈련이나 일상 중에 부식이랍시고 뿌려 버린다.

"그런 게 심한가요?"

"심하죠. 제가 군대에서 버린 건빵이나 맛스타가 한 2~3천 킬로그램은 될 겁니다."

"네? 그거 안 줘요?"

"그나마 좀 괜찮은 사람이 오면 방법을 마련해 주죠."

급양관이 괜찮은 사람이라면 부식 메뉴에 튀긴 음식이 있는 날, 유통기한이 다 되어 가는 건빵 같은 걸 폐기할 예정인 기름에 살짝 튀긴 다음 설탕을 뿌려 튀긴 건빵을 만들어서 나눠 주기도 한다.

하지만 무능한 놈이라면, 평소에는 신경도 쓰지 않다가 검열하러 올 때 허둥지둥 창고에서 건빵을 꺼내 산에다가 마구 뿌려 처리해 버린다.

"먹지도 못하게 하면서 검열할 때마다 산에 파묻고, 장난이 아니었다니까요."

"헐."

"아, 저도 기억납니다."

심지어 노형진조차도 기억나는 게 있었다.

"건빵을 튀겨 줬는데 하필 그날 나온 반찬이 꽁치튀김이었죠."

"오웩!"

그 말에 고연미의 얼굴이 단숨에 일그러졌다.

야채튀김이나 돈까스 정도라면 이해하겠지만, 꽁치를 튀긴 기름으로 건빵을 튀긴다? 그건 그냥 생화학 폭탄이다.

'그때 온 내무실에 냄새가 꽉 차서 한 이틀은 문 열고 살았지.'

그렇게 해도 냄새가 빠지지 않아 휴가나 외출 가는 막내에게 냄새 제거제를 몇 통이나 사다 달라고 해서 잔뜩 뿌려야 했다.

고연미가 혼란스러운 얼굴로 조심스레 물었다.

"설마, 그걸 드셨어요?"

"아, 제가 먹은 건 아니고 그런 일이 있었어요."

"헐, 그건 식고문인데요?"

무태식이 고개를 절레절레 흔들었다.

"중요한 건 그거죠. 결국은 폐기 대상이라는 겁니다. 이게 사회로 보면 뭐랄까, 편의점에서 폐기 대상인 도시락 같은 걸 직원에게 강매하는 겁니다."

"헐."

고연미는 그런 행동이 천연덕스레 벌어지고 있다는 사실에 혀를 내둘렀다.

그때 자료를 살피던 노형진이 혀를 차며 입을 열었다.

"그런데 그것만이 아니라는 게 문제군요."

출퇴근 중에 본인 차량을 쓰는 건 이해한다.

그런데 훈련 중에도 본인 차량, 순찰 중에도 본인 차량을 쓰게 한다.

당연히 기름값 같은 건 전혀 지원해 주지 않는다.

"흠, 톨비에 기름값에 식비에."

"그것뿐만이 아니죠. 훈련비를 비롯해서 실질적으로 군 내부에서 필요한 비용을 모두 개인에게 전가하는 경우가 엄청나게 많군요."

노형진은 전반적인 제보 내용을 확인하면서 눈을 찡그렸다.

"이건 사실상 월급에서 50만 원은 제하고 시작하는 셈이네요."

그렇잖아도 법정 최저임금 이하의 박봉에 시달리는 하위 장교들이다.

그런데 그마저도 온갖 경비로 50만 원 정도를 떼고 들어간다면 사실상 생활 자체가 불가능해진다.

"거기다 또 있습니다. 이사도 문제예요."

"이사요?"

"네. 군인은 이사를 해야 하니까요."

군인은 한곳에서 계속 근무할 수 없다.

부사관은 이전에는 그나마 한 부대에서 근무가 가능했지만, 지금은 불가능하다.

즉 1년 또는 2년마다 이사를 해야 한다는 거다.

"보통 복비가 얼마죠? 한 200만 원? 300만 원?"

그 말에 김성식이 어이가 없다는 듯 말했다.

"그러면 그 돈은? 그리고 이사 비용은?"

"그러니까 문제입니다. 이 돈을 받으면서 저축까지 하기는 힘듭니다."

당연히 이 복비와 이사 비용을 내는 것도 힘들어진다.

카드로 긁는다고 해도 결국 갚아야 하니까.

"그나마 고위 장교가 되면 연금이라도 많이 받는다지만……."

노형진은 고개를 흔들었다.

그럴 수밖에 없는 게, 모두가 그걸 꿈꾸지만 가능한가 하는 건 전혀 다른 문제니까.

"이 많은 장교 중에서 장성급까지 가는 사람은 천 명 중 한 명도 안 된다는 거죠."

나머지는 중간에 나가야 하는데, 그러면 결과적으로 그들은 젊은 시절도, 돈도 헌납하고 맨몸으로 밖에 내던져지는 상황이 되어 버린다.

"이러니 다들 장기를 꺼릴 수밖에 없겠군요."

"그렇겠군. 그러고 보니 장기 신청률이 엄청나게 떨어졌군."

"네."

원래 군대에서는 장기를 하고 싶어서 몸을 사리고, 어떻게 해서든 장기에 뽑히기 위해 윗선에 충성하는 게 일반적인 문화였다.

하지만 지금은 장기를 하기 싫어서 신청하는 사람도 없어졌다.

왜냐, 장기를 해 봐야 장군이 되는 길은 요원하고, 장기 가서 소령이나 중령을 달아 봐야 삶이 딱히 나아지지 않기 때문이다.

"그러니 차라리 한 살이라도 어릴 때 나와서 사회에서 제대로 자리 잡자, 그런 분위기인가 봅니다."

군 출신이 할 수 있는 일은 생각보다 많다.

소방관이라든가, 경찰이라든가.

"올해 장기 지원율이 0.8이라……."

즉, 백 명을 모집하는데 지원자가 여든 명이라는 거다.

"그나마 장기에 뽑힌 사람들조차 전역 지원서를 내고 있으니."

지원율 0.8에, 장기에 합격하고도 포기하고 전역하는 사람들의 전역율까지 고려하면 남은 숫자는 대략 0.6.

필요 인원의 절반가량밖에 뽑지 못한다는 뜻이 된다.

"군대에서 이걸 모를 리가 없는데."

"고칠 생각이 없는 거지요."

"군대가 고칠 생각이 없다기보다는 국가라는 곳에서 집 지키는 개로만 생각하기 때문이 아닐까요."

그러니 무슨 짓을 해도 나가지 못한다고 생각하는 것이다.

어느 정도 상황 파악이 되었다고 생각했는지, 김성식이 자료에서 눈을 떼고 모두를 바라보며 입을 열었다.

"그러면 이제 어쩐다. 자네는 이걸 어떻게 해결할 생각인가? 솔직히 말해서 이건 법적으로 어떻게 하기 애매한 문제인데."

"그렇죠."

군 내부의 범죄나 부정부패에 관한 문제라면 차라리 쉽다.

법적으로 조져 버리고 국정원을 통해 모가지를 날려 버리면 그만이다.

실제로 노형진의 그러한 전략 덕에 군 내부의 부정부패가 많이 사라지기도 했다.

특히 군 내부에서 장병들의 부식을 빼돌리는 행위는 이제

거의 근절되었다.

"하지만 지금 남은 사람들은 엄밀하게 말하면 피해자란 말이지."

지금까지 군에 남아 복무하는 장교는 부정부패한 사람이기보다는 군에 애정이 있어서 어떻게든 버텨 보려는 정상적인 사람일 가능성이 크다.

세상의 모든 장교가 나쁜 건 아니니까.

"그들에게 나오라고 설득할 수도 없지 않나? 그들이 이 상황이 지랄맞은 걸 몰라서 나오지 않는 게 아닐 테니."

"맞아요. 이건 군인의 문제라기보다는 군대와 대한민국의 고질적인 문제라고 봐야 할 겁니다."

"그렇죠."

그 말에 노형진은 고개를 끄덕거렸다.

조직이 잘못된 거지 군인이 잘못된 게 아니다.

"문제는 그거군요. 이건 명백하게 통치행위니까."

통치행위란 법률적 근거가 없거나 또는 미흡하지만 국가를 통치하는 데 있어서 필요하다고 인식되는 정치 행위를 뜻한다.

그러한 행위에 대해서는 법적으로 책임을 묻는 게 불가능하다.

예를 들어 외교 업무에 관해 어떤 나라를 어떻게 대할지는 어떤 법에도 나와 있지 않다.

하지만 각 나라의 수준이나 관계에 맞게 대우하는 것 역시 통치행위에 해당한다.

"국방부의 예산도 결국은 통치행위니까요."

국방부의 예산도 그러한 통치행위의 영역이기에, 법적으로 항의한다고 해서 어떻게 할 수 있는 게 아니다.

애초에 법원에서도 통치행위는 법의 영역 밖에 있다고 인정하니까.

"일단 가장 먼저 해야 할 일은 '군스라이팅'을 막는 것 같습니다."

"군스 뭐?"

"군스라이팅요?"

"그게 뭡니까?"

세 사람 다 어리둥절한 얼굴로 노형진에게 물었다.

"군스라이팅은 세뇌를 가리키는 유행어입니다. 요즘 젊은 사람들이 그렇게 부르더군요."

노형진은 잔뜩 쌓여 있는 제보 서류를 보면서 말했다.

"어떤 조직이든 세뇌부터 푸는 게 우선일 테니까요, 후후후."

군스라이팅

군스라이팅.

보통 가스라이팅이라고 하는 행동이 군대에서 자주 이루어지는데, 군에 대해서 안 좋게 생각하는 사람들이 이를 부르는 말이다.

"가스라이팅이라……."

"무태식 변호사님도 겪어 보지 않았나요? 그런 말 하지 않습니까? 군에 있다가 사회로 나가면 힘들다, 사회가 지옥이다."

"아, 그런 소리 많이 들었죠."

"장교뿐만 아니라 병사들에게도 많이 얘기했었죠."

"네, 생각해 보면 참 개소리인데."

"맞습니다."

왜냐하면 군대에 남아 있는 사람보다 사회로 나오는 사람이 더 많으니까.

애초에 병사들은 100% 다 나오고, 장교들도 중간에 떨어지는 사람들은 밖으로 나온다.

하지만 밖에 나온 사람들 중에 사회가 지옥이라며 다시 군대로 돌아갈 테니 제발 받아 달라고 울부짖는 사람은 없다.

"사회가 지옥이면 어떻게든 군대로 돌아가겠다고 몸부림치겠죠."

실제로 군대 복귀하는 게 불가능하지는 않다.

병사로 한 번, 장교로 한 번, 그리고 하사관으로 한 번 군대에서 지낸 사람도 있으니까.

"군스라이팅이라……. 참 틀린 말은 아니네요."

사회는 지옥이다. 나가면 고생이다.

그렇게 세뇌함으로써 군 내부에 사람을 잡아 두는 방법.

그게 바로 군스라이팅이다.

"전형적인 가스라이팅의 방법이죠. 그렇게 함으로써 질 좋은 인적자원을 차지하려는."

"하지만 요즘은 그게 문제죠."

과거에는 그게 가능했다.

왜냐하면 사회적인 정보에 접근할 방법이 없었기 때문이다.

외부, 즉 사회에 대한 정보가 부족하니 혹시나 하는 정체 모를 두려움을 자극할 수 있었던 것.

"하지만 지금은 인터넷에서 모든 정보를 다 얻을 수 있죠."

당연히 군스라이팅이 제대로 이루어질 리가 없다.

그럼에도 불구하고 군대에서는 여전히 60년대부터 이루어진 군스라이팅이 계속되고 있다.

"그나저나 이 군스라이팅을 어떻게 깨트리려고요? 애초에 가장 큰 문제는 밖에 나와서 뭘 할 수 있을지 확신이 없다는 거 아닙니까?"

"그렇죠."

제대로 먹힐 리가 없는 세뇌 행위, 군스라이팅이 지금까지도 먹히는 이유는 단 하나뿐이다.

군대에서 사회로 나온 사람들이 당장 할 수 있는 게 정말로 없다는 것.

"경쟁 시스템이니까요."

경쟁을 통해 상대방을 꺾고 올라가야 한다.

군인 입장에서는 이런 시스템이 상당히 곤혹스러울 수밖에 없다.

사회와 군대는 너무나 다른데, 현실적으로 군대에서 나와서 뭔가를 시작하기에는 늦다는 거다.

다른 사람은 스물둘, 스물셋에 시작하는 사회생활을, 군을 제대하고 스물여덟 살에 시작한다고 치자.

그러면 직장에서 자신보다 어린 사람이 상관이고 사수이며 선배다.

그들에게 온갖 욕을 먹어 가면서 배워야 하는데, 바로 얼마 전까지만 해도 수백 수천을 지휘하던 지휘관이 그런 일을 익숙하게 받아들일 수 있을 리가 없다.

"'사회가 지옥이다.'가 아니라 군대에서 나온 후 사회에 빠르게 적응할 수 없다는 게 문제죠."

"하긴."

"그나마 과거에는 호봉이라도 인정해 줬죠."

하지만 여성 단체에서 지랄 발광을 하는 바람에 결국 호봉 인정도 사라졌고 오로지 마이너스만 남은 상태에서 시작해야 하니, 사회생활에 적응할 자신이 없는 장교들에게 있어서는 군에서 나가는 것이 두려운 일일 수밖에 없다.

"솔직히 말해서 저는 이렇게 생각합니다. 지금까지 남아 있는 장교들은 마음 한편에 군에 대한 애정이 존재해서일 수도 있지만, 그보다는 나와도 방법이 없으니까 포기한 거라고."

그렇다면 군대라는 조직을 스스로 위험하게 느끼게 하는 가장 좋은 방법은 뭘까?

그건 다름 아닌 남은 사람이 없도록 만드는 거다.

"그리고 그러기 위해서는 도움이 필요하죠."

"도움이라……."

김성식은 약간은 걱정스럽게 말했다.

"우리가 도와준다고 해도 믿겠는가?"

"솔직히 믿지 않을 겁니다. 군 내부에서는 우리가 악명 높으니까요."

"그러면 어떻게 설득하려고?"

"도와줄 사람이 있습니다."

노형진은 눈을 반짝거렸다.

"그분이라면 분명 도와주실 겁니다."

⚖️

노형진은 무태식과 함께 아파트 공동 현관 앞에 서서 심호흡하면서 버튼을 눌렀다.

─누구세요?

"안녕하세요. 법무 법인 새론에서 찾아왔습니다. 그, 오늘 약속해 놨는데요."

그 말에 잠시 후 문이 열렸고, 노형진은 허름한 아파트 안으로 들어갔다.

노형진을 따라 들어가며 아파트 내부를 둘러보던 무태식이 고개를 흔들었다.

"이런 게 정상이겠죠?"

"그럴 겁니다."

그간 노형진과 무태식 등 변호사들이 만난 장군들은 휘황찬란한 저택이나 서울 강남에 있는 수십억짜리 아파트에서 살고 있었다.

    그런데 오늘 만나는 사람은 중장으로 제대했음에도 불구하고 이런 작고 소박한 시골의 아파트에 살고 있다.

    "돈이 없는 게 정상이죠, 사실."

    오히려 오늘 만날 사람이 보여 주는 현실이 자연스러운 거다.

    그는 뇌물 한 푼 받지 않아 힘들게 살아온 반면, 이전에 만난 장군들은 뒷주머니를 두둑하게 채워서 그토록 부유하게 살 수 있었던 거니까.

    "어서 오세요. 기다리고 있었습니다."

    "안녕하십니까, 김주광 중장님."

    "허허, 무슨 중장입니까. 이제는 예편한 늙은이일 뿐인데. 앉으세요."

    김주광 중장.

    대한민국의 육군 중장으로 예편한 사람이다.

    '그리고 다른 사람들과 다르지.'

    다른 장군들과는 확실하게 다른 사람이다.

    왜냐하면 그가 승진에서 떨어진 이유가 군의 개혁을 주장했기 때문이다.

    김주광은 군의 개혁을 원해서 승진했고 실제로 실적도 좋았으며 그를 존경하는 사람들도 많아 대장을 하고도 남을 인재였지만, 그런 그를 군대는 너무나 싫어했다.

    그랬기에 대장을 달지 못하고 결국 밖으로 쫓겨난 사람이 그였다.

"뭔가 촬영 중이셨나 봅니다."

"아니요. 뭐, 다 끝났습니다."

그가 다른 장군들과 다르다는 것. 그건 단순히 그가 개혁형 장군으로 지내다 강제로 예편당했기 때문이 아니다.

군에서 강제로 예편당한 뒤로 지금까지 유튜브를 통해 군대의 부정부패를 공개하며 개혁을 부르짖고 있기 때문이다.

나이가 먹어 이제는 노인이라고 불릴 사람이 그걸 위해 방송을 배우고 편집을 배우고 스스로 방송을 시작하는 게 쉬울까?

하물며 한때 중장으로 몇십만을 지휘하던 사람인데?

그럼에도 불구하고 그는 개혁이 필요하다면서 군대의 각성을 외치는 방송을 하고 있다.

그래서 아직도 장군들 사이에서는 척결 대상으로 불리고 있었다.

물론 노형진에게는 아니지만.

식탁을 사이에 두고 노형진, 무태식과 마주 앉은 김주광이 입을 열었다.

"그래, 군 제대 장교들을 위한 새로운 제안이 있다고요?"

"그렇습니다. 현실적으로 제대 장교들이 갈 곳이 없는 게 심각한 문제 같아서요."

"문제이긴 하죠. 그나마 대위 정도 달았을 때 나오면 뭐라도 해 보겠는데."

그러나 소령이나 중령에서 제대한 사람들은 뭘 새로 시작하기도, 취업도 쉽지 않은 애매한 나이다.

연금이 나오긴 하지만 액수가 많은 것도 아니고, 나이를 보면 자녀들에게 돈이 가장 많이 들어가는 시점이기 때문이다.

"거기다가 요즘 회사들은 군 출신들을 많이 꺼리죠."

"끄응, 부정할 수 없는 사실이지요."

물론 국방부와 관련 있는, 그래서 로비를 해야 하는 기업에서야 두 손 들고 환영하지만 그렇지 않은 대부분의 기업들은 군인들을 선호하지 않는다.

왜냐하면 너무 경직되어 있고 조직 내 위계를 해치기 때문이다.

과거 군사독재 시절이라면 이해라도 하는데 이제는 그런 시대도 아니니 할 수 있는 일이 극도로 제한된다.

"그렇잖아도 갑갑하더군요. 얼마 전 예편한 소령 하나가 인사하러 왔는데……."

김주광은 긴 한숨을 쉬며 말했다.

"버스 운전을 한다고 하더군요."

"버스 운전요?"

"그래요. 그것도 마을버스. 다른 곳에는 취업을 못 해서 그렇게 지내는 모양입니다. 하, 내가 그 말을 듣고 얼마나 가슴이 아프던지."

"이해합니다."

소령이면 연금이 200만 원 정도 나온다.

그런데 보통 자녀는 고등학생에서 대학생 사이.

돈이 미친 듯이 들어가는 상황에서 연금으로만 생활하는 건 불가능하다.

"이것도 개혁해야 하지만 윗대가리라는 놈들에게 생각이 없으니, 원."

"그렇잖아도 그것 때문에 찾아왔습니다."

"내 도와줄 수 있는 건 다 도와주도록 하지요. 그래, 원하는 게 있습니까?"

"회사를 운영할까 합니다."

"회사라니요? 무슨 회사요?"

노형진의 말에 김주광은 고개를 갸웃했다.

"제대군인들을 위한 회사죠."

"제대군인들을 위한 회사라……."

그 말에 김주광은 왠지 꺼림칙한 표정을 지었다.

그럴 수밖에 없는 게, 그런 회사들은 제대한 군인들을 위한 복지를 제공하는 곳이기도 하지만 사실상 군납 비리를 저지르고 싶어서 로비를 위해 수작을 부리는 회사들에 가깝기 때문이다.

그마저도 모두에게 공평하게 기회가 가는 것도 아니다.

군납이 목표이니 당연하게도 군수 쪽 장교들만 데려간다.

정작 죽도록 고생하는 기갑이나 포병 같은 일선 부대원들에게는 어떠한 혜택도 없다.

"아, 오해는 하지 마세요. 군사 관련 기업이기는 하지만 저희는 군납 비리를 저지르려는 게 아닙니다."

"그러면 전혀 다른 회사를 만들 생각이십니까?"

"아니요. 전혀 다른 사업은 또 아닙니다."

노형진은 잠깐 물로 목을 축이고는 천천히 입을 열었다.

"간단합니다. 저는 힘이 있고 권력이 있죠. 그리고 고발할 수 있는 라인도 있고요."

"대한민국 군인회 말입니까?"

"네."

"미안합니다만 그쪽은 의미가 없어요."

대한민국 군인회 초창기에 수많은 제보가 들어왔고 그 후에도 많은 고발이 이루어졌다.

하지만 결국 바뀌는 건 없었다. 도리어 더욱 은밀해지고 더욱 치졸해졌다.

전처럼 무조건 시키는 게 아니라 일단 하나의 거대한 카르텔을 만들고 그 내부에서 범죄 조직을 구성한 후 자기들끼리 군납 비리를 비롯한 범죄를 저지른다.

수사?

애초에 헌병에서부터 군수사관 전부 장군님들에게 충성을 바치는데 무슨 의미가 있단 말인가?

김주광의 우려를 익히 예상한 듯 노형진은 가볍게 웃어 보였다.

"하하하, 알고 있습니다. 그렇기 때문에 저는 다른 생각을 하고 있습니다."

"다른 생각?"

"군납은 비리죠. 그리고 그걸 막을 수는 없습니다. 어차피 뭔 짓을 해도 결국 그놈들은 계속 납품하니까요."

"맞습니다."

실제로 썩어서 곰팡이가 핀 빵이 엄청나게 납품된 적이 있다.

그래서 그들에게 처벌이 떨어졌느냐?

떨어지지 않았다.

다음 해에도, 그다음 해에도, 그 다다음 해에도 그들은 여전히 공급을 계속하고 있다.

그리고 이런 비리는 빵뿐만 아니라 속옷, 식자재, 군사용품까지 다양한 곳에서 저질러지고 있다.

"그걸 유통해야 합니다."

"그건 이미 군인공제단에서 하고 있습니다만?"

군인공제단.

군인들의 사기 진작과 제대 이후의 삶을 위해 만들어진 곳으로, 제대군인들의 취업 활동 지원 및 복리후생을 책임진다.

당연히 그 활동을 위해서는 돈이 필요하니, 군인공제단에서는 그 돈을 벌기 위해 군납을 한다.

"네, 알고 있습니다. 그리고 그들이 한국 군납 비리의 핵심이라는 것도 알고 있죠."

한국 군납의 60% 이상은 그들이 하고 있고 비리의 80% 이상이 그들 또는 그들과 연관된 곳에서 벌어진다.

"그리고 그들이 이제 더 이상 군인이 아니라는 것도요."

그들은 군인이 아니다.

처음에는 군인을 위해 만들어졌을지언정 이제는 소위 '군피아'라 불리는, 한국을 좀먹는 폭력 조직일 뿐이다.

"솔직히 김주광 장군님이 결국 퇴직당한 것도 그들 때문 아닙니까?"

"끄응."

김주광은 큰 잘못을 하거나 사고를 쳐서 퇴직당한 게 아니다.

그는 그저 일반인 기준으로는 지극히 상식적인 요구를 했다.

다름 아닌 밀리터리 스펙의 확정.

소위 밀리터리 매니아들 사이에서 밀스펙이라 불리는 밀리터리 스펙은 미 국방부 군사 표준규격을 의미한다.

"한국군도 밀리터리 스펙이 있지만 사실상 쇼라는 건 다 알죠."

테스트할 때는 좋은 물건으로, 납품할 때는 쓰레기로.

그게 한국군 납품의 전형적인 방식이다.

그래서 김주광이 하고자 한 건 한국군 밀리터리 스펙의 현대화 및 외부 밀리터리 스펙용품과의 경쟁이었다.

당연하게도 그 말을 들은 기성 장군들은 눈깔이 돌아갔다.

해 처먹은 게 많은 만큼 정정당당하게 경쟁하면 싸움이 안 되니까.

"하긴, 말이 안 되기는 하죠."

김주광으로서는 당연한 제안이었다.

미군의 밀리터리 스펙의 물건이 한국의 납품가보다 싸다. 심지어 그게 군부대 납품가도 아니고 시중의 일반 공급가다.

"한국군의 미래 어쩌고 하기 이전에 전투력을 생각해야 하는 시점이니까요."

"맞습니다."

한국군의 숫자는 나날이 줄고 있다.

노예의 숫자를 채우고 장군의 자리를 유지하기 위해 제대로 걷지도 못하는 장애인들까지 징집해서 끌고 가는 상황이다.

실제로 사고로 아킬레스건이 끊어진 사람이 현역으로 끌려가고, 항암 치료로 간신히 목숨을 건진 사람이 암이 재발해도 군 내부에서 죽지는 않을 거라는 이유로 현역으로 끌려가는 게 지금 대한민국의 현실이다.

"데려갈 때는 우리 자식, 사고 나면 남의 자식, 죽으면 누구세요, 대한민국의 고질적인 문제죠."

노형진도 그걸 알기에 안타깝다는 듯 고개를 끄덕거렸다.

"그래서 이게 중요한 겁니다."

밀스펙에 관련된 장비들을 도입하려 하자 그걸 결사적으로 막고 김주광의 목을 쳐 버렸던 것.

"난 내가 가능할 거라 생각했어요."

중장, 그러니까 쓰리스타다. 군 내부에서 가장 강력한 힘을 발휘하는 자리.

하지만 그는 혼자였고, 기득권 세력은 별의 숫자만 수백 단위를 훌쩍 넘었다.

"알고 있습니다. 그래서 저희는 다른 식으로 이야기하려고 합니다."

"기업을 세우겠다는 건 좋아요. 그런데 거기에 누구를 받겠다는 겁니까?"

"현직 장교 한정으로 가산점을 줄 생각입니다."

"현직입니까?"

"네."

현직을 대상으로 가산점을 줄 테니 나와라.

그리고 갈 곳이 있다고 하면 장교들은 퇴직에 대해 심각하게 고민할 수밖에 없다.

"하지만 여전히 문제가 있습니다."

노형진의 말에 김주광은 걱정스럽게 말했다.

"현직 장교들을 데려간다고 해도 그들이 힘이 되지는 못할 겁니다."

대위가 삼백 명이 모여도 원스타 한 명이 '조져 버려!'라고 하면 그걸로 끝이다.

"아, 물론 그렇죠. 하지만 방향이 잘못되었다는 걸 말씀드리고 싶네요."

"방향이 잘못되었다?"

"그렇습니다, 장군님. 우리가 뭔 짓을 해도 납품 업자는 못 바꿉니다."

노형진이 아무리 노력해도 납품 업자는 못 바꾼다.

"군대는 하나의 범죄 조직화되었습니다. 설사 납품 회사가 납품하는 음식을 썩어 문드러진 생선으로 바꿔 넣어도 업체를 변경하지 않을 겁니다."

실제로 논산훈련소에 10년간 썩어서 고름으로 가득한 고기를 납품하던 업자가 잡힌 적이 있다.

그런데 그건 참으로 이상한 일이었다.

군대에 음식을 담당하는 장교가 몇 명이고 취사병이 몇 명이며 매년 바뀌기까지 하는데 왜 아무도 그 사실을 몰랐을까?

그리고 아무도 보고를 안 했을까? 썩어서 고름이 흐르는데?

당연히 담당자가 보고했지만 누군가가 커트했을 거다.

그리고 논산훈련소라는 거대한 집단에서 올라오는 정보를 커트할 수 있는 사람의 신분은 사실 뻔하다.

"그런데요?"

"하지만 그건 일차원적으로 보면 가능한 거죠."

"일차원적?"

"납품받아서 공급하는 회사들은, 어디서 그걸 납품받습니까?"

"무슨 말씀이신지?"

"공급이라는 건 결국 일차적인 곳이 있다는 거예요."

노형진은 씩 웃으며 말했다.

"지금 가장 먼저 해야 할 일은 공급 업체의 공급 업체를 족치는 겁니다."

가령 곰팡이가 핀 빵을 공급했던 납품 업체의 경우, 과연 그 빵을 어디서 가지고 왔을까? 자체 제작?

애석하게도 그런 업체는 거의 없다.

왜냐하면 한국에서 빵을 만드는 회사는 사실상 거의 한 곳이라고 봐도 무방할 정도로 줄어들었기 때문이다.

물론 그렇지 않은 분야도 있지만 결국 자체 제작해서 납품하는 회사는, 아니 군사 관련 업체는 거의 없다.

"상식적으로 그 곰팡이 핀 빵을 공급한 회사가 과연 자체적으로 빵을 만들었겠습니까?"

아닐 거다. 애초에 그런 시설이나 있을까?

한국에서는 시설에 대한 감시나 요구가 별로 없다. 그냥 싼 거, 그리고 만만한 거면 된다.

"설사 만든다고 해도, 거기에 들어가는 밀가루와 재료는 또 어디서 오겠습니까?"

"흠."

"군화도 마찬가지죠. 군화는 군인공제단에서 만들어서 납품합니다."

사실 최근에는 다른 기업에서 제작해 군에 공급해 왔다.

그런데 갑자기 군에서 납품처를 바꿨다.

설계와 제작법을 넘기는 조건으로 OEM 생산을 해서 납품할 수 있게 만든 것이다.

그리고 그곳은 너무나 당연하게도 군인공제단이었다.

신기한 것은, 똑같은 설계도에 똑같은 제작법으로 만들었다는 군인공제단의 주장과는 달리 그곳이 납품하는 군화는 가죽의 질도 떨어지고 훨씬 불편하다는 것이다.

'안 봐도 뻔하지.'

멀쩡한 기업이 멀쩡한 물건을 팔아서 멀쩡하게 수익을 내자 군인공제단 소속 똥별들이 자기들이 먹을 돈이라고 눈깔이 돌아간 것이다.

그러니 국방부에 온갖 지랄을 했을 테고, 그래서 그 회사에서는 울며 겨자 먹기로 기술과 설계 도면 그리고 제작법을 내놔야 했을 거다.

즉, 국방부가 늘 하던 짓거리인 것이다.

"군인공제단에 가죽을 제공하는 곳은 어딜까요?"

"아!"

당연히 수십 년간 같이 붙어 처먹은 더러운 놈일 거다.

군인공제단은 수십 년째 국방부에 군화를 납품하고 있으니까.

"그곳을 족치면 어떻게 될 것 같습니까?"

"가죽의 납품이 막히겠군요."

"맞습니다."

국방부에 쓰레기를 납품하는 놈들을 직접 건드릴 수는 없다.

왜냐하면 군대의 비호를 받고 있고, 장군들과 직접적으로 연결되어 있기 때문이다.

"그러니까 그곳에 납품하는 놈들을 조지면 됩니다."

군화에 문제가 있다?

그러면 군에 납품하는 군인공제단이 아니라 거기에 가죽을 납품하는 새끼들을 조지면 된다.

음식에 문제가 있다?

그러면 그걸 납품하는 회사가 아니라 그걸 납품한 지역 농협이나 수협 등을 조지면 된다.

"그리고 그런 곳을 조지면 기존에 있던 업체들이 난리 날 겁니다."

그들에게 선택지는 둘 중 하나다.

첫 번째, 정당한 돈을 내고 좋은 제품을 쓴다.

두 번째, 여전히 쓰레기 같은 걸 받아서 공급한다.

"세 번째가 있습니다."

이야기를 듣던 김주광이 노형진이 모를까 봐 걱정되었는지, 우려 섞인 어조로 말했다.

"아, 알고 있습니다. 중국산을 공급하는 거죠. 사실상 한국군에 공급되는 것의 80% 이상이 중국산일걸요."

질? 속칭 알빠노라는 거다.

고장 나서 전투 중에는 사용 못 하게 되거나 중국군이 그걸 이용해서 정보를 캐내는 거? 상관없다.

장군들, 아니 군피아에게 중요한 건 자신의 주머니가 두둑해지는 거니까.

"알고 있습니다. 사실 그것 때문에 말이 많죠."

아미타이거인지 뭔지 하는 현대화 사업을 하는데, 거기에 투입되는 장비들이 죄다 중국산이라는 건 딱히 비밀도 아니다.

당연히 질도 밀리터리 스펙은커녕 장난감 수준도 안 되는 것에 터무니없는 가격을 부른 상황.

"그걸 위해 저희가 준비를 다 해 놨습니다."

"준비요?"

"네."

노형진은 씩 하고 웃었다.

그 말에 김주광은 한참 고민했다.

노형진이 어떤 사람인지는 잘 안다. 그렇기 때문에 허튼말을 하지 않을 거라는 것도 안다.

하지만 그래도 여전히 문제가 있다.

"그래도 가장 큰 문제가 남아 있습니다."

"뭡니까?"

"판매처요. 아시겠지만 국방부에서는 온갖 핑계를 대면서 절대로 구입해 주지 않을 겁니다."

그 말에 노형진이 크게 웃었다.

"하하하, 압니다. 아마 국방부는 밀리터리 스펙이고 뭐고,

룸살롱에 가서 자기 주머니를 채워 주지 않으면 절대 사 주지 않을 겁니다. 아마 당분간은요."

다른 곳들이 납품을 계속하는 동안에는 절대로 사지 않을 거다.

"하지만 다른 납품처가 있으니까 걱정하지 마세요."

"다른 납품처요?"

"네. 아주 큰, 그것도 어마어마한 규모의 납품이 될 겁니다, 후후후."

"그러면 저는 뭘 해 드려야 합니까? 허, 해 드릴 만한 게 과연 있을지……. 제가 로비를 할 수 있는 것도 아니라서."

"별건 아니고, 그냥 이번에 만들어지는 회사의 이사가 되어 주시면 됩니다."

"네?"

그 말에 김주광의 눈동자가 흔들렸다.

이건 진짜 생각도 못 한 말이었으니까.

"이사라니……요?"

"모든 군 장교들이 일할 곳이 필요하지 않습니까?"

"그…… 그렇죠."

"그런데 모든 분들이 다 행정 업무만 할 수는 없죠."

"뭐…… 그건 그렇습니다. 현실적으로 그건 힘들겠죠."

사실 군을 제대한 대부분의 사람들은 행정 업무를 하고 싶어도 못 하는 경우가 많다.

행정 업무를 이미 하고 있는 다른 선임들이, 나이가 많다 보니 워낙 불편해하기 때문이다.

　"저희는 이번에 대단위 공장을 만들 겁니다. 사실상 거의 완성 단계죠."

　"완성 단계라고요?"

　"네. 제법 오래 준비했거든요. 못해도 수백에서 수천 단위는 필요할 겁니다. 그리고 현실적으로 군사보안 시설이라, 군 출신이라는 것만으로도 큰 메리트가 되죠."

　사실 노형진이 다음 세대의 전쟁을 준비한 지는 오래되었다.

　러시아와 우크라이나 전쟁은 기존 전쟁의 판도를 완전히 바꾸어 버렸으니까.

　그 이전의 전쟁은 전면전이었지만 베트남전에서는 비정규전이 되었다. 그리고 이라크 전쟁 이후부터는 테러와의 전쟁이 되었다.

　'그리고 이다음 전쟁은 시가전 위주지.'

　과거의 전쟁에서 시가전이 전쟁의 일부였다면 미래의 전쟁은 시가전이 거의 대부분을 차지하게 된다.

　드론과 미사일의 공격 그리고 장거리 포격을 개활지에서 버틸 수는 없으니까.

　그리고 전 세계의 그 누구도, 단 한 번도 그 생각을 하지 못했고 그런 준비도 하지 않았기에 시가전 전문 무기의 개발이나 전술의 개발에 신경 쓰는 사람은 없었다.

오직 단 한 명, 회귀한 노형진만이 러시아 우크라이나 전쟁이 전쟁의 양상을 완전히 바꿀 거라는 걸 알고 그 준비를 착실하게 해 왔다.

건물에 설치하는 무선 소총에서부터 원격 대전차미사일 등등.

수많은 무기의 개발이 끝났고 이제 남은 건 생산뿐.

공장은 이미 완성되었지만 해외 공장만 돌아갈 뿐 한국 공장은 아직 미가동 상태였다.

이 모든 것을 개발한 것은 오직 마이스터뿐.

이제 전쟁이 시작되면 무기를 공급받기 위해 전 세계에서 연락이 올 거다.

그리고 노형진은 그 모든 연락을 적극적으로 받아들일 생각이었다.

하지만 한국만은 예외였다.

한국은 그 구조적 특성상 실제적인 위력이나 효과와는 상관없이 장군들을 접대하고 주머니를 채워 주지 않으면 받아 주지 않기 때문이다.

노형진은 당연히 그들의 주머니를 채워 줄 생각이 없었다.

"도대체 뭔데요?"

"지금 납품하는 놈들의 약점이 뭡니까? 바로 직접 조달을 하지 않는다는 거 아닙니까?"

"그렇죠."

필요한 건 무조건 중국산으로 싸게 사서 후려치는 상황.

물론 식품은 법적으로 현지에서 사서 공급해야 하기에 그나마 덜하지만, 그마저도 뇌물을 받아 처먹고 썩어 가는 재고를 받아서 넘기는 놈들도 적지 않다.

검수가 이루어지기는 하지만 규정상 신선한 고기가 아니라 상하지 않은 고기를 요구하기 때문에 한 6개월쯤 냉동시켜 둔 고기라도 먹을 수만 있으면 납품 허가가 떨어지니까.

그렇다 보니 군대는 사실상 한 지역의 재고 떨이 장소가 되어 버린다.

납품 회사가 지역 내 유통망에서 악성 재고를 사 와 비싼 가격에 팔아 버리는 탓이다.

"그러니까 직접 만들 수 있는 건 만들어야지요."

그리고 군대에서 필요한 건 한두 개가 아니다.

"그리고 그곳으로 군인들을 이끌어 줄 믿음직한 리더가 필요합니다."

"믿을 만한 리더 말입니까?"

"솔직히 장성급 출신 중에 일선 지휘관들의 처우 개선을 요구하는 건 김주광 중장님밖에 없지 않습니까?"

"창피하게도……."

부끄럽게도 그건 사실이다.

왜냐, 장군들은 이제 빨아먹을 일만 남았으니까.

그런데 일선 지휘관을 챙겨 주기 시작하면 빨아먹을 게 줄어든다.

"그러니까 그들을 이끌어 주세요. 연락처 아직 있으시죠?"

"네, 아직…….."

많은 장교들과 함께 군대를 바꾸려고 했기에 그는 여전히 많은 선을 가지고 있다.

"규모가 가장 큰 곳이 어딥니까?"

"가장 큰 곳이라면…….."

"여러 곳에서 빠지면 국방부는 끝까지 정신 못 차릴 겁니다."

"가장 강한 곳이라…….."

잠깐 고민하던 김주광이 진지한 얼굴로 말했다.

"29사단입니다."

"최전방이군요."

"네."

"그곳도 불만이 많은가요?"

"많을 수밖에 없죠."

최전방에 있는 부대의 특성상 엄청나게 힘들고 곤혹스럽다.

하지만 그곳의 지휘관은 극도로 무능하다.

"사단장이 정치질로 권력을 잡은 타입이라…….."

"그런데도 여전히 거기에 선이 있으십니까?"

"제가 29사단 전 사단장이니까요."

"아하!"

김주광은 깨어 있는 사람이다.

그래서 지휘관이 될 때마다 그곳에 존재하는 온갖 악습과 폐단을 없애 왔다.

쓸데없는 행사도 없애고 암기 강요도 없앴다.

"하긴, 사람은 줬던 걸 빼앗아 가면 더 싫어하기 마련이지요."

김주광이 그렇게 군대를 더 효율적으로 그리고 전투적으로 개선했지만, 그다음에 사단장으로 부임한 사람은 그러지 않았다.

어떻게든 이권을 차지하려고 눈이 벌게져, 과거의 악습과 폐단을 부활시킨 건 당연하고 오히려 더 많은 폐단을 만들어 냈다.

아이러니한 점은 그런 주제에 김주광과 비교당하는 건 극도로 싫어한다는 것이었다.

원래 전임자와의 비교는 기분 나쁜 법이다.

그런데 전임자가 유능했으니 비교당할수록 더 지랄맞게 행동한 것이다.

'더군다나 전임자한테 찍소리도 못 할 상황이라면 더더욱 그러겠지.'

전임자가 자기보다 상관이라서 찍소리 못 할 상황이면 그 공격성은 자연스럽게 하위 지휘관들에게 향하기 마련이다.

자연히 더욱 비교될 수밖에 없었고, 지휘관들은 전 사단장인 김주광과 꾸준히 연락을 주고받게 되었다.

"그러면 그쪽에서부터 시작하죠."

노형진은 씩 하고 웃었다.

"좋은 일자리를 소개해 주시면 아마 부하들도 고마워할 겁니다."

"좋은 일자리라고 하시니 감사하기는 한데, 그런 회사가 정말 있습니까?"

"얼마 전에 생겼습니다."

진짜로 얼마 전에 생겼다, 직원이라고는 한 명도 없는 회사가.

"기회가 좋군요. 후후후."

노형진은 생각지도 못한 이득에 만족스러운 표정이 되었다.

⚖

노형진은 군수산업에 막대한 투자를 해 왔다.

이유는 간단하다. 조만간 러시아와 우크라이나의 전쟁이 터지면 전 세계의 군수산업이 폭발적으로 성장하기 때문이다.

문제는 그걸 커버할 수 있는 나라가 없다는 거다.

미국은 전면전 시스템에서 테러와의 전쟁으로 시스템이 바뀌었고, 전차의 나라라 불리는 독일도 있는 공장 없는 공장을 다 돌려도 한 해 전차 생산량이 50대도 안 되었기 때문이다.

그런 상황에서 미칠 듯한 전면전의 공포가 전 세계를 덮치자, 회귀 전 세계에서는 돈을 주고 사려고 해도 무기가 없는 상황이 벌어지고 말았다.

당연하게도 회귀한 덕에 그렇게 흘러갈 것을 이미 알고 있었던 노형진은 그와 관련된 모든 준비를 하고 있었다.

"너무 큰 거 아닌가?"

광대하다고 표현해야 할 규모의 공장.

그리고 아직 정비 중인 장비들을 보면서 김성식은 떨떠름하게 말했다.

"좁은 것 같은데요."

"설마 진짜로 러시아와 우크라이나가 전쟁을, 그것도 오랜 전쟁을 할 거라 생각하나?"

"네."

"체급이 안 되는데?"

그 말에 노형진이 피식 웃었다.

그런 반응을 보이는 김성식이 이해되었기 때문이다.

그리고 돌아온 노형진의 말에 김성식은 할 말을 잃었다.

"우리도 전 세계 6위의 군사 강국입니다. 그런데 전쟁이 나면 그 시스템이 잘 굴러갈 거라 생각하시나요?"

"끄응…… 아니겠지."

그러니까 지금 이 지랄이 난 게 아니던가?

당장 장교가 부족하고, 심각한 경우는 장교의 질이 병사보다 낮다.

당연하다.

병사들은 대부분 대학생이라 빨리 제대하고 졸업해서 사회생활을 시작하려고 하는데, 군 내부는 아무리 열의가 있고 좋은 목적이 있어도 능력만으로 승진할 수 있는 구조가 아니니까.

군 내부에서 승진하기 위해서는 전략 전술과 전투 능력이 아니라 어느 줄에 잘 서는지가 중요한 것이 현실이 된 지 오래였다.

"솔직히 군인으로서 제대로 된 훈련을 하는 군대는 아니잖습니까?"

접대하는 법이나 가라 훈련하는 법 같은 건 잘할지 모르지만 애초에 전쟁 경험이라고는 전무한, 그래서 전투에 대해 무지한 게 한국 군대다.

그런 군대가 세계 6위?

'말도 참.'

그걸 김성식도 알기에 혀를 끌끌 찰 수밖에 없었다.

"그래서 이걸 만들었다?"

"병력을 갈아 넣어서 싸우는 전쟁의 시대는 이제 끝났습니다. 아니, 끝나야 합니다. 우리한테 100만 명이 있으면 뭐 합니까? 드론 떠서 포격 몇 번 퍼부으면 싹 갈려 나가는데."

실제로 러시아 전쟁이 그랬다.

병력을 밀어 넣고 또 밀어 넣어도, 포격과 드론에 숱하게 죽어 나갔다.

오죽하면 러시아에서 신병을 부르는 별명이 포탄밥이었다.

밀어 넣어 봐야 얼마 안 가서 포탄에 날아가기 때문이다.

'그래서 전면전의 패러다임이 바뀌었지.'

과거의 무차별적인 포격이 아닌 초정밀 타격으로 소대 하나를 날려 버리거나 지휘관을 죽여 버리는 건 일도 아니다.

드론으로 탱크 입구에 수류탄을 넣어서 날려 버리거나 참호에 숨어 있는 병사를 쏴 버리는 초정밀의 전쟁에 전 세계는 충격을 받았다.

'그리고 전 세계는 아직 그 초정밀의 전쟁을 준비하지 못했지.'

그랬기에 노형진은 그간 오래 초정밀 전쟁을 준비해 왔다.

K2 전차 공장을 손에 넣지는 못했지만 적지 않은 투자를 했고, 그 대신에 그걸 대체할 수 있는 수많은 무기 공장을 한국에 세웠다.

"하긴, 여기서 일할 사람을 구해야 한다면 군인들이 딱이기는 하지."

일단 대부분의 군인들은 관사 생활을 한다.

하지만 군에서 예편하게 되면 그곳에서 나가야 한다.

가족이 있다 해도 이사는 필연적이다.

왜냐하면 군대가 있다는 것은 그 지역이 낙후된 곳이라는 의미이기 때문이다.

군대는 절대로 비싸고 좋은 곳에 있을 수가 없다.

그런 지역이 재개발되어서 아파트가 들어선다면 무슨 수를 써서라도 군부대를 몰아내려고 하고, 실제로 대부분 몰려나간다.

"그리고 솔직히 그런 환경 좋은 부대에 있는 장교들은 미래가 창창한 사람들이죠."

"하긴, 그건 그렇지."

원래 군부대에서는 순환 보직을 한다. 그래야 불공정하지 않기 때문이다.

"하지만 요즘 제보를 확인해 보니까 어이가 없더군요."

최전방 GOP에 배치된 장교는 제대할 때까지 못 나오는 경우도 많다.

물론 아예 순환이 안 되는 건 아니다. 규정상 순환은 해야 하니까.

하지만 동부 전선에 있으나 서부 전선에 있으나, 결국 최전방인 것은 마찬가지다.

"실제로 정보 쪽은 아예 사회랑 단절되는 모양이고."

어떤 장교는 무려 18년을 최전방에서 근무했다.

무려 18년이다. 그 정도면 최소 중령은 달아야 한다.

그 기간 동안 오로지 최전방에서만 근무했고, 정보 라인이라는 이유로 아예 다른 지역에 나가지도 못했다. 심지어 직업에 대해 말할 수도 없었다.

그런데 그렇게 18년을 헌신한 후 육사 출신이 아니라는 이유로 장기 복무에서 떨어져 방출되었다.

"문제이기는 해."

한국에서 장군이란 육사 출신의 전유물이다.

법적으로 3사관학교나 ROTC라고 장군 하지 말라는 법은 없다. 하지만 현실적으로 그건 기적에 가까운 상황이며, 그나마도 지금은 과거에 비해 더더욱 장군이 될 가능성이 낮아졌다.

"그런 사람들이 어딜 가든 중요한 건 자리 잡는 거죠."

"그러니까 이런 지방에 공장이 있어도 문제 될 게 없다 이건가?"

"네."

노형진은 거의 완성된 공장을 보면서 담담하게 말했다.

아이러니하게도 군대의 잔인한 처우 덕분에 군인들은 퇴직 이후에 어디로 가든 자리를 잡을 수 있는 능력(?)을 거머쥐게 된 것이다.

"일단 이곳에서 기술을 배우고 주요 업무를 맡게 될 겁니다."

"그런데 장비가 한둘이 아닌 것 같은데?"

"아, 네. 뭐, 현대전에 필요한 장비가 한둘이 아니니까요."

노형진은 씩 웃으며 한쪽 라인을 가리켰다.

"저곳은 풍선으로 된 가짜 전쟁 장비를 만드는 곳입니다."

"가짜? 아, 나도 아네. 그 디코이라는 거지?"

"네."

디코이란 말 그대로 미끼다.

보통 풍선 형태로 제작되며, 제작비는 아무리 커도 몇백만 원선. 전투 능력은 없다.

그런데도 디코이를 만드는 이유는, 하늘에서는 그게 전차 또는 트럭, 아니면 다연장 로켓이나 전투기 같은 고가치 표적으로 보이기 때문이다.

당연하게도 하늘에서 구분하지 못하면 미사일로 때려잡는 수밖에 없다.

수백만 원짜리 풍선 하나로 적의 수십억짜리 미사일을 소비시킬 수 있다니, 그만한 이득이 어디 있겠는가?

웃기게도 공중 감시와 인공위성이 늘어나면서 디코이의 소요도 엄청나게 늘었다.

하지만 한국은 디코이 공장이 단 한 곳도 없다. 심지어 국방부에서도 디코이 소요를 제기하지 않는다.

디코이는 비상시 바로 전개되어 적의 전력이 될 수 있는 미사일을 소모시키고 적의 공중 전력을 위험에 노출하도록 유도해야 한다.

그런데 한국의 디코이는 일부 해외에서 구입한 양을 빼고는 거의 없다.

왜냐하면 디코이는 단가가 비싼 물건이 아닌지라 장군들이 빼돌릴 수 있는 돈이 확보되지 않는다고 판단해, 유사시

에 넘쳐 나는 병사를 좀 갈아 넣으면 된다고 생각하고 구비
해 두지 않기 때문이다.

"당연히 병사들은 그걸 사용할 줄 모르죠."

"그건 그렇지. 그런데 디코이가…… 좀 다른데?"

"당연하죠. 적이 탱크만 노리라는 법 있습니까?"

노형진은 어깨를 으쓱했다.

보통 풍선에 바람을 넣어서 디코이를 만들 때는 차량이나
탱크, 또는 기갑 등의 형태를 만든다.

그래야 가치가 높다고 생각해서 미사일을 쏘기 때문이다.

하지만 노형진의 공장에서 만들어지는 디코이들은 그에
비해 너무 작았다.

"여기는 보병 디코이 라인이거든요."

"보병이라고?"

"네. 미사일을 쏘는 놈들이 탱크만 노리지는 않으니까요."

탱크를 노리는 게 효율이 좋긴 하지만 만약 병력이 모여
있다면 그걸 노리기도 한다.

"호오~."

설명을 들은 김성식은 혀를 내둘렀다.

확실히 그럴듯했다.

밤에 소대나 중대가 모여 있는 숙박지를 발견한다면 과연
쏘지 않을까?

"그리고 이런 건 작으니까 쓰기도 쉽죠."

참호나 숲에 만들어도 적들은 의심하기 힘들 거다.

건전지로 움직이는 작은 송풍기 하나면 움직이는 것처럼 흔들거릴 수도 있으니까.

"그리고 현대전에서는 포병이 왕이니까요."

"그게 보병형 디코이와 무슨 관계가 있나?"

"보병이 발견되면 가장 먼저 하는 게 뭐겠습니까?"

그 말에 김성식은 바로 알아들었다.

군대를 다녀온 사람이라면 당연히 아는 사실이니까.

"포격이겠군. 무슨 소리인지 알겠어. 반격이 목적인 거군."

"맞습니다."

보병에게 미사일을 쏘는 건 사실 수지타산이 안 맞는다.

그래서 보병 밀집 지역이나 참호 지역은 보통 적 포병이 포탄으로 제압하는 게 현대전의 전술이다.

"대포병 사격이라는 개념은 오래전부터 있었죠."

심지어 현대의 레이더 기술은 적이 포탄을 쏘면 초 단위로 그 위치를 추적해서 이쪽에서 대포병 사격을 할 수 있게 한다.

그런데 그러기 위해서는 선결되어야 하는 문제가 있다.

적이 먼저 포격하도록 유도해야 한다는 것.

북한이야 대포병 레이더 따위도 없고 수동식 계산이라 그 시간쯤이면 한국군은 벌써 벗어나 있겠지만, 중국이나 다른 나라는 대포병 기술이 분명 있다.

그러니 먼저 쏘는 놈이 지는 괴상한 싸움이 되어 버린 거다.

적의 포병이 어디에 있는지 모르니까.

그런데 대대 병력의 주둔지를 발견한 적 포병이 그걸 과연 무시할 수 있을까?

"포병만 제압해도 적들은 속절없이 두들겨 맞아야 합니다."

"쓸 만하군. 크기가 큰 것도 아니니 가격도 얼마 안 될 것 같고."

신기하다는 듯 견본품을 보던 김성식은 주변을 두리번거리며 물었다.

"그런데 여기 공장에서는 이런 풍선만 만드나?"

"아니요."

이미 몇 번이나 실험했던 대전차미사일 유무선 발사 장치나 드론도 만들고 있다.

웃기게도 한국에는 드론 무기가 전혀 없기 때문이다.

"여기서 소형 드론도 만들어 낼 겁니다."

"소형 드론?"

"자폭 드론의 초소형 버전입니다. 파괴력은 수류탄 하나 정도입니다."

"설마……?"

"네, 시가전용입니다."

시가전에서 저격수가 나타나면 놈을 처리하기 위해 미사일이나 대포로 해당 건물을 날려 버릴 수밖에 없다.

숲이나 개활지도 마찬가지.

참호를 두고 싸우는 상황에서 병사는 사실상 존재 가치가 없다.

　참호전에서 병사의 존재 가치는 공격이 아니라 적이 오는 걸 막는 방어에 있다.

　"하지만 이게 있으면 이야기가 달라지죠."

　병사는 참호에 숨어서 자살 폭탄 미니 드론을 보낼 수 있다.

　무게를 최소화하고 단가를 낮추기 위해 출력을 극단적으로 낮추는 바람에, 비행시간은 고작 20분 내외.

　그에 반해 가격은 무려 25만 원선.

　"하지만 이거 하나면 참호선을 넘어갈 정도의 시간은 되죠."

　상대방 병사들이 숨어서 끊임없이 자폭 드론을 날려 보낸다면 지키는 입장에서는 과연 어떤 기분일까?

　총으로 쏴서 떨군다?

　그게 가능할 만큼 드론이 크지도 않다.

　소리를 듣고 발견한다고 해도, 밤에 날아오는 드론을 맞힐 가능성은 높지 않다.

　"긴 시간이 아니라 진짜 쓰고 버린다는 개념인가?"

　"네. 미군은 소대별 개인 드론을 개발한 모양이지만요."

　체공 시간이 대략 한 시간짜리인 정찰 드론을 소대별로 지급해서 정찰 능력을 확보하는 데 집중한 모양이지만, 노형진은 다르게 생각했다.

　"어차피 버릴 거라면 상관없죠. 정밀할 필요도 없고 조용할 필요도 없습니다."

오로지 버리는 용도로, 그냥 밤하늘을 날아가서 수류탄을 떨군다.

"물론 미군에서 이번에 개발한 드론 캡처가 있다면 좀 복잡해지겠지만요."

"하지만 그건 가격이 비싸던데."

"미군도 일선 부대에 배치하려면 아주 오래 걸릴 겁니다."

그런데 러시아가 배치한다?

애초에 그런 개념에 대한 연구조차도 제대로 되지 않은 나라가?

그게 가능할 리가 없다.

"거기다가 이런 것도 있고요."

"이건 뭔가? 총인가?"

노형진에게 사진을 넘겨받은 김성식은 고개를 갸웃했다.

총 같아 보이기는 하는데 그런 것치고는 모양새가 이상했다.

탄창도 작고, 어깨에 대는 부위에는 커다란 쇳덩이만 달려 있었다.

총이라기보다는 커다란 쇳덩이에 쇠파이프가 달려 있는 것처럼 보였다.

그나마 총이라고 생각할 수 있었던 건 그 앞에 달려 있는 렌즈 때문이지, 그게 없었다면 그냥 쇠뭉치라고 했을 것이다.

"무선 저격 장비입니다."

"무선 저격 장비라고?"

"시가전에서 굳이 사람이 저격할 이유는 없죠."

시가전에서 저격으로 적을 죽인다?

솔직히 죽이는 것은 그다지 의미가 없다.

왜냐하면 시가전에서 저격수가 아무리 많이 죽인다고 해도 교전에서는 한 줌도 안 되는 숫자이기 때문이다.

"아시겠지만 저격수의 가장 핵심은 적의 돈좌 그리고 주요 표적의 암살입니다."

"그렇지."

"그래서 이건 배율이 높은 카메라를 달아 놨습니다. 아, 물론 군사용은 아니고 산업용 싸구려요."

하지만 산업용이라고 해도 현대 확대 기술이 워낙 좋아서 그리 나쁜 건 아니다.

"도심에서 이걸 쓰면…… 돌격하는 병사들 입장에서는 미치겠군."

어떻게든 공격을 해야 하는데 어디선가 저격수가 계속 총을 쏴 댄다?

그러면 돈좌되는 거다.

포격으로 쏴 버리자니 건물이 어디인지도 모른다.

"그런데 이런 게 여러 개면……."

건물 하나 무너트리고 끝이 아니다.

수량만 충분하다면 수천 개를 깔아 버릴 수 있으니, 결국

적이 도시에 들어오려면 모든 건물을 포격이나 폭격으로 박살 내는 수밖에 없다.

김성식의 생각을 알아챈 듯 노형진이 자신만만한 미소를 흘리며 말했다.

"그런 원초적인 방법 말고도 사용법은 여러 가지죠."

"어떤 건데?"

"예를 들어 이걸 미리 장군들이 머물 만한 곳에 감춰 놓는 거죠. 장군들이란 게 뻔하거든요."

장군들은 어떤 지역을 점령하면 가장 크고 가장 상징적인 곳에 자신의 지휘부를 설치한다.

시라면 시청, 시청이 없다면 가장 크고 가장 좋은 호텔 같은 곳 말이다.

누구도 허름하고 후줄근한 곳에 지휘부를 설치하지는 않는다.

"설마?"

"네, 애초에 이 물건은 저격용이니까요."

물론 초정밀 저격은 불가능할 거다. 애초에 견제용에 가까운 물건이니까.

하지만 100미터 이내라면 충분히 저격이 가능하다.

아예 구경을 늘려서 50밀리탄을 쓸 수 있게 특수 제작한다면 사거리도 엄청 늘어날 거다.

"점령은 막지 못했지만 장군의 목은 따 버릴 수 있다 이건가?"

"불가능한 건 아니죠."

그렇게 한두 번 당하면 장군들은 전선을 도는 걸 두려워하게 될 거다.

그리고 그런 장군들의 모습에 부하들은 불만스러워할 수밖에 없다.

왜냐하면 장군이 안전한 곳에서 목에 힘만 주는 걸로 느껴질 것이기 때문이다.

"흠, 숫자가 중요한 게 아니라 심리가 중요하다 이건가?"

"네, 맞습니다. 이제는 시대가 바뀌었죠."

더 많이 죽이고 더 많이 부수고 더 많이 파괴하는 게 아니라 적을 움츠러들게 하고 적이 움직이지 못하게 하고 적의 움직임을 제어하는 것.

'그게 전략이었지.'

그리고 우크라이나의 그런 전략에 러시아는 제대로 된 대응도 못 하고 구시대적으로 사람을 갈아 넣어 터무니없는 교환비를 만들어 내면서 싸움을 이어 가야만 했다.

"게다가 장비는 그것만 있는 게 아니죠."

중국산이 아닌 손잡이 고정 장치 렌즈까지, 온갖 군수 장비의 제작을 담당하는 한국 공장.

해외에서 구입한다면 터무니없이 비싼 가격이겠지만 한국에서 제작한다면 상당히 낮은 가격에 제공할 수 있다.

'그리고 우크라이나에는 어마어마한 숫자의 장비가 필요

하지.'

미국도 우크라이나에서 소비되는 장비의 양에 기겁할 정
도였다.

"그런데, 이렇게 투자하는 건 좋지만 우크라이나와 러시
아가 전쟁을 하지 않는다면? 자네 생각과 다르게 미국이 그
분쟁에 끼어들지 않는다면 어떻게 할 셈인가?"

그 말에 노형진은 고개를 흔들었다.

그럴 가능성은 없다.

"러시아는, 아니 체르덴코는 단 하나의 목적만을 가지고
있습니다."

바로 구소련의 수복.

그리고 그 후에 반미의 기치를 들고 미국과 다시 한번 결전.

"그는 멈출 사람이 아닙니다."

체르덴코는 지금까지 단 한 번도 멈춰 본 적이 없는 사람
이다.

그리고 미국은 그런 체르덴코를 그냥 방치할 수가 없다.

"더군다나 그는 한번 우크라이나를 집어삼켰죠."

크림반도를 삼켰을 당시 러시아는 그곳을 집어삼킬 생각
이 없다고 했다. 하지만 결국 집어삼켰다.

'우크라이나도 마찬가지.'

원래 우크라이나 전쟁 초기 러시아는 전쟁의 목적이 정권
교체라고 했다.

하지만 나중에는 결국 영토를 집어삼켰다.

즉, 러시아의 목적은 구소련 영토의 재확보 그리고 그 파워를 이용한 미국과의 전쟁인 거다.

"전형적인 공산주의식 기만전술입니다. 미국이 그에 당할 만큼 멍청한 것도 아니고요."

"끄응, 그런가."

그랬기에 노형진은 여러 준비 중이었다.

"그렇잖아도 이 공장에서 일할 노동자들이 필요한 시점이었습니다."

"하긴, 여기가 곤란하기는 하겠군."

노형진도 돈이 썩어 문드러지는 건 아니다.

그랬기에 그가 세운 공장은 진짜 허허벌판에 아무것도 없는 시골이었다.

심지어 주변에 읍내라는 것조차도 없는 공간.

한국의 땅값이 워낙 비싸다 보니 대단위 공간을 확보하는 게 쉽지 않았으니까.

"주변에 집이고 뭐고 아무것도 없으니까요."

하지만 제대군인이라면 괜찮다.

어차피 새롭게 자리를 잡아야 하는 상황이니까.

"좋은 생각이기는 한데……."

김성식은 여전히 걱정스러울 수밖에 없었다.

"자네 말대로 여기서 수천 단위로 사람을 뽑는다고 치세.

그런데 그걸 국방부에서 두고 볼 거라 생각하나?"

"절대 그러지 않겠죠."

군대에는 노예가 필요하다.

그리고 군대는 사기업이 아니다.

사기업처럼 그만두고 싶다고 해서 그만둘 수 있는 곳이 아니라는 거다.

"그러니까 지랄해야지요."

노형진은 싱긋 웃었다.

"사람을 쓰고 싶다면 돈을 내라고 하세요. 후후후."

⚖

김주광은 일단 29사단의 후배였던 한범승에게 연락했다.

물론 다른 부대로 간 사람도 있고 또 퇴직한 사람도 있었다. 그리고 고위 장성이 되고 싶다고 버티는 사람도 있고.

하지만 그 결과는 비참했다.

"그만둘까 생각 중입니다."

"자네가? 자네는 집안이 군이라고 하지 않았나?"

자신이 가장 아끼던 후배의 말에 김주광은 깜짝 놀랐다.

이제 중령인 한범승은 그래도 재능이 있는 사람이었다.

더군다나 육사를 나오고 아버지도, 할아버지도 군인이었다.

아버지와 할아버지가 고위 계급이 아닌지라 장군으로 승

진할 때 큰 도움을 받긴 힘들 거라고 생각하고는 있었지만, 그래도 군인 집안의 자식이라는 건 의미가 있었다.

그리고 최소한 군 내부에서 그만큼 능력 있고 열정이 넘치는 장교는 없었다.

그런데 몇 년 만에 본 한범승의 얼굴은 지칠 대로 지쳐 있었다.

"지금 군 내부의 상황이 안 좋습니다."

"그거야 알고 있지. 하지만 그건 어디까지나 하위 장교들 이야기 아닌가?"

"아닙니다."

한범승이 질렸다는 듯 말했다.

"이번에 국방부에서 장교들의 전투 취침에 관한 명령이 내려왔습니다."

"전투 취침?"

전투 취침이란 쉽게 말해서 일과 중에 수면을 취하게 하는, 일종의 휴식 보장이라고 할 수 있다.

가령 평일 저녁에 당직인데 그다음 날 어떤 사유로 퇴근할 수 없는 경우에 막사 내 대기 공간에서 충분한 휴식을 취할 수 있도록 하는 규정이다.

"전투 취침뿐만 아니라 전투 휴무도 마찬가지고요."

전투 휴무란 훈련이나 기타 비상 상황 등으로 인해 쉬지 못하는 경우 비상 상황이 해제되었을 때 그만큼의 휴가를 줘야 한다는 규정이다.

"그게 왜?"

김주광은 그 말에 고개를 갸웃했다.

그도 그럴 게 군 내부 규정에는 어떠한 경우라도 그걸 보장해야 한다고 명시되어 있기 때문이다.

자신이 군에서 지휘할 때는 그걸 무조건 보장했으니까.

"전투 취침과 전투 휴무를 지휘관 재량에 따라 부여하라고 하더군요."

"잠깐, 그게 무슨 말인가? 분명히 국방부의 지침은 그걸 보장해야 한다는 것일 텐데?"

그건 단순히 명령이 아니라 국방부가 만든 하나의 규칙이다.

쉽게 말해서 군 내부에서는 법이라고 볼 수 있다.

이 전투 취침과 전투 휴무를 보장할 수도 있다는 것과 보장해야 한다는 것은 그 의미가 전혀 다르다.

"왜 갑자기 지휘관 재량에 따라 지급하라는 거야?"

"인원 부족 때문입니다."

"인원 부족?"

"네."

한 명이 쉬면, 근무를 대신할 사람이 없다.

그러니까 장교들이 스물네 시간 근무하고 당직하면 그다음 날에는 쉬어야 하는데 그가 쉬면 부대가 아예 멈춰 버린다.

"그러니까 책임을 저희한테 돌리더군요."

한범승은 쓴웃음을 지으며 말했다.

"허, 국방부가 어쩌다가……."

만일 이런 상황에서 국방부에서 명령으로 보장하지 않고 이런 식으로 내부 근무 규정을 바꾸거나 하면 당연하게도 그 분노와 책임은 국방부가 감당해 내야 한다.

착취하는 건 좋아하지만 책임지는 건 싫어하는 국방부로서는 그런 상황이 반가울 리가 없다.

그래서 만든 꼼수가 바로 지휘관 재량인 것이다.

"그리고 제가 지휘관이죠."

중령급. 이제는 한 부대를 지휘하는 지휘관으로서 결정을 해야 하는 상황이다.

대대급 지휘관으로서 한 대대의 주요 상황을 컨트롤해야 하는 입장이기 때문이다.

"그런데 이거 때문에 부하들 볼 면목이 없습니다."

"위에서 뭐라고 하는 건가?"

"뭐, 대놓고 쉬지 못하게 하라고 하죠. 공식적으로는 하지 못하게 하지만."

한범승은 긴 한숨을 내쉬며 소주병을 들어서 잔을 채우려고 했다.

그러자 김주광이 황급히 그의 손에서 소주병을 가져와 그의 잔에 술을 따라 줬다.

"그 정도인가?"

"네. 솔직히 더러운 일도 많고, 행사도 많고."

잔을 들어 입에 소주를 털어 넣은 한범승이 눈을 찡그렸다.

"저희 대대만 해도 개판입니다."

1중대장은 통신참모를 겸직하고 있고, 2중대장은 군수참모를 겸직하고 있다. 3중대장은 정훈참모를 겸직하고 있고 말이다.

"소대장들도 마찬가지입니다."

장교들 중에서 겸직을 하지 않는 사람이 없다고 봐도 무방할 정도다.

"그게 문제가 심각하죠."

A라는 업무에 관해 야근하거나 당직했다고 치자. 그러면 B 업무에 관해서는 야근한 게 아니니까 결국 그 업무는 남게 된다.

결과적으로 그 업무를 해야 하다 보니, 어젯밤을 꼬박 새웠다고 해도 결국 일을 계속해야 되는 것이다.

"돈도 주기 싫고 휴식도 주기 싫은가 보더군요."

그래서 어쩔 수 없이 지휘관 재량으로 휴식을 인정해 주지 않았고, 우려했던 대로 하위 지휘관들이 분노하기 시작한 것이다.

'하, 그 지경까지 되었단 말인가?'

군대에서 책임지기 싫어서 중간급 지휘관들에게 죄를 뒤집어씌운다는 소리에 김주광은 어이가 없어졌다.

"아니, 그건 위에서 커트해야 하는 거 아닌가?"

김주광은 다그치듯 물었다.

사실 군 생활을 하다 보면 터무니없는 명령이 내려오기도 한다.

그걸 커트하는 것 역시 지휘관의 역할이다.

자신만 해도 군 생활을 할 때 어이없는 명령을 많이 받았다.

가령 아동 학대 사건이 터지면 군대에서는 뜬금없이 병사들과 장교들에게 아동 학대 방지 교육을 하라고 공문을 하달해 온다.

상식적으로 그런 놈들이 미친놈인 거지 병사와 장교 중에 아동 학대를 할 놈들이 어디 있겠는가?

설사 있다 한들, 어제까지 애들을 학대하고 두들겨 패던 놈들이 그 교육 한 번에 개과천선할까?

아무 의미도 없는 그저 쇼였기에, 김주광은 그냥 공문을 한 번씩 돌려 보라고만 하고 커트해 버렸다.

"신임 사단장은?"

"사단장님은……."

잠깐 고민하던 한범승은 뭔가 결심한 듯 말했다.

"초과근무 찍지 말라더군요."

"뭐라고?"

"지금 저희 부대 장교들, 초과근무를 4분의 3 이상 찍지 못하고 있습니다."

"그건 또 뭔 개소리야!"

김주광은 진심으로 분노했다.

군인은 엄청나게 박봉이다. 그런데도 살아갈 수 있는 건 초과근무 수당으로 부족한 돈을 메꾸기 때문이다.

그런데 초과근무를 찍지 말라니.

"그게 말이나 돼?"

"말이 안 되지만…… 현실이 그렇습니다."

실제로 어떤 부대에서는 초과근무를 정상적으로 찍었다가 대대장이 사단장에게 직접 불려가서 쪼인트까지 까였다고 한다.

"사단장 말로는 초과근무를 찍으면 인사고과를 깎는다고……."

"미친!"

많이 달라는 것도 아니다. 일한 만큼만 달라는 거다.

그런데 그것도 주지 못하겠다는 말에 김주광은 기가 막혔다.

"그래서 지금 초과근무 수당도 못 받고 있다고?"

"네."

그 때문에 현재 29사단 병사들은 김주광이 지휘하던 시절보다 실제로 수령하는 임금이 4분의 1 이상 줄어든 상태란다.

"음……."

그 말에 김주광은 고민했다.

상황이 이 지경일 줄은 전혀 모르고 있었으니까.

"저뿐만이 아니라 다른 소령, 중령급도 다 그만두고 싶어

합니다."

소령 이상이면 당연히 연금도 나온다.

그러니 어떤 사람들은 더 늦기 전에 나가서 자리를 잡아야 하지 않나 고민한다.

왜냐하면 소령부터 중령, 대령을 거쳐서 장군이 될 가능성은 거의 없으니까.

하물며 비육사 출신이면 아예 꿈도 꾸지 못하는 수준이다.

"그리고 솔직히 제 육사 선배지만 비육사 출신에 대한 차별이 너무 심합니다."

한범승은 눈을 찡그렸다.

"차별?"

"네. 어느 정도 팔이 안으로 굽는 건 이해합니다만……."

군 내부에는 장교들의 출신으로 구분하는 분위기가 분명 존재한다.

육사 출신은 3사관학교 출신을 무시하고, 3사관학교 출신은 ROTC 출신을 무시한다. 자기들끼리 모이고 자기들끼리 뭉친다.

승진의 한계가 명확하고 자리는 한정되어 있으니 서로 뭉치는 건 어찌 보면 당연한 거다.

"그런데 그게 너무 노골적입니다."

예를 들어 부대 표창장이라도 받을 일이 있을라치면 발급 대상은 무조건 육사 출신이다.

만일 비육사 출신들이 추천되기라도 하면 '어차피 나갈 새끼들을 뭘 챙겨 줘? 오래 있을 놈들 챙겨 줘야지.'라면서 추천을 커트하고 육사 출신들만 챙긴다고.

"미친놈!"

물론 알게 모르게 팔이 안으로 굽는 거야 어쩔 수 없다지만 현직 육사 출신 중령이 불편함을 이야기할 정도면 그건 선을 넘어도 아주 심하게 넘고 있다는 소리다.

"그래서 부대 내 장교들의 불만이 엄청납니다. 나가고 싶어 하는 사람은 많은데 다들 방법이 없어서 그냥 전전긍긍하고 있을 뿐입니다."

"그런가?"

"네."

그 말에 김주광은 입술을 깨물었다.

'내가 멍청했구나.'

군대에서 나온 후 유튭으로 떠들면서 어떻게 해서든 군 내부를 바꾸려고 했다.

1960년대의 구식 군대가 아니라 제대로 된 군대를 만들어 국가를 수호하고 싶었다.

소위가 된 시점부터 지금까지 그래 왔다. 그랬는데…….

'고민할 필요조차 없는 일이었던 건가.'

고민을 엄청나게 많이 했다.

노형진이 자신에게 이사가 되어 주기를 부탁하며 후배들

을 빼 와 달라고 요청했을 때 말이다.

자신이 하는 행동이 군에 피해를 주는 건 아닐까.

군의 조직에 심각한 타격을 주는 건 아닐까.

나 때문에 내가 사랑하는 군이 이제는 돌이킬 수 없는 영역으로 떨어지는 건 아닐까?

'그런데 이미 돌이킬 수 없는 영역으로 떨어진 후였구나.'

조직은 하나의 덩어리다. 유기체 같은 거다.

한쪽이 무너졌는데 다른 쪽은 멀쩡할 수 없다.

하물며 하위가 무너지면 상위 조직은 더 무너질 수밖에 없다.

상위가 무너진 건 하위에서 채울 수 있지만, 무너진 하위를 상위에서 내려와 채울 수는 없기 때문이다.

"그래서 저도 이번에 떠나기로 마음먹었습니다."

한범승의 말에 김주광은 가슴이 아려 왔다.

가장 미래가 창창한 사람조차 환멸을 느끼는 조직을 과연 어떻게 바꿔야 할지.

그때 그런 그의 머릿속에 노형진이 떠나면서 마지막으로 한 말이 생각났다.

─때로는 완전히 부수고 새롭게 올리는 게 가장 빠른 경우도 있습니다.

'부순다라……'

그 부순다는 말에 김주광은 떨떠름한 얼굴로 생각해 본다고 이야기하고는 확답을 주지 않았다.

하지만 지금 들은 한범승의 말에 그는 가까스로 결심할 수 있었다.

"자네, 그러면 직장을 찾을 생각인가?"

"그래야지요. 예편원은 내고 나서 찾아봐야겠지만요."

"그러면 나가지 말아 주게."

"죄송합니다. 아무리 선배님 말씀이라도……."

"아니, 나오더라도 더 많은 사람을 구할 수 있게 도와주게. 자네가 군대를 사랑하는 마음이 조금이라도 남아 있다면 군을, 아니 후배와 조국을 위해 나를 조금 도와줄 수 있겠나?"

그 말에 한범승은 김주광을 물끄러미 바라보았다.

그러다가 이내 고개를 끄덕거렸다.

"어차피 예편을 하고 싶어도 쉽지 않으니까요. 무엇을 도와드릴까요, 선배님?"

그렇게 노형진의 계획이 조금씩 실행되기 시작했다.

다음 권으로 이어집니다

공정거래위원회

현우 현대 판타지 장편소설

중소기업 후려치던 인간 탈곡기
공정거래위원회 팀장이 되다!

인간을 로봇 다루듯 쥐어짜며
갑질로 무장한 채 한멍그룹에 충성을 바쳤지만
토사구팽에 교통사고까지 난 성균
깨어나 보니 다른 사람의 몸이다?

새로운 몸으로 눈을 뜨고 나자
비로소 갑질당한 그들의 눈물이 보이는데……
이번 생엔 그 죄를 참회할 수 있을까?

죽음의 문턱에서 얻은 두 번째 삶!
대기업의 그깟 꼼수, 내 눈엔 다 보여!

『어게인 마이 라이프』작가 이해날의
뒷목 잡는 특제 막장 복수극이 펼쳐진다!
『빌런 경찰 이진우』

인수합병을 통해 굴지의 대기업 진백을 세운 백동하
임종의 순간, 믿었던 가족과 친구에게 배신당하고
과거와 미래를 보는 능력을 가진 경찰 이진우로 깨어나다!

배신자들에게 지옥을 보여 주기로 결심한 진우는
특별한 능력과 기업사냥꾼으로서의 지식을 활용해
경찰로서 진백을 공략하기 시작하는데……!

전직 회장이 보여 주는 기업사냥의 진수!
상상을 뛰어넘는 대기업 흔들기가 시작된다!